放歌云中

马国和 ◎ 著

内蒙古出版集团
远方出版社

图书在版编目(CIP)数据

放歌云中/马国和著.–呼和浩特：远方出版社，2015
ISBN 978-7-5555-0371-2

Ⅰ.①放… Ⅱ.①马… Ⅲ.①诗集–中国–当代 Ⅳ.①I227

中国版本图书馆CIP数据核字(2015)第046808号

放歌云中

作　　者	马国和
书名篆刻	翁　浩
书名题字	马健鹏
责任编辑	胡丽娟　张宝肖
装帧设计	韩　芳
出版发行	内蒙古出版集团　远方出版社
社　　址	呼和浩特市乌兰察布东路666号　邮编 010010
电　　话	（0471）2236471 总编室　2236460 发行部
经　　销	新华书店
印　　刷	内蒙古爱信达教育印务有限责任公司
开　　本	710×1000　1/16
字　　数	300千
印　　张	17.5
版　　次	2015年8月第1版
印　　次	2015年8月第1次印刷
印　　数	1—2 000册
标准书号	ISBN 978-7-5555-0371-2
定　　价	68.00元

如发现印装质量问题，请与出版社联系调换

/ 自序

自　序

　　《放歌云中》是我多年所写诗词赋联之选集。书名借用其中一首古风诗的题目，意为放歌于云中大地。

　　放歌于云中大地，歌唱云中，歌唱托克托；讴歌祖国，讴歌中华民族，讴歌传统美德；褒扬真善美，鞭笞假丑恶，是本书的主旨。吟咏山川日月，吟咏花草树木，吟咏古今人物和事件，借以表达思想，抒写情怀，是本书的内容特点。

　　云中文化源远流长，云中大地日新月异。得云中文化之滋养，深感幸运；放歌于云中大地，备觉欢畅。

　　自17岁当民办教师，至46岁任托克托县第一中学党政办公室主任时告别讲台，凡30年。25岁秋至27岁夏，在乌盟师范大专班学汉语言文学专业。讲台生涯28载。

　　小时候即爱读书，上小学时作文常被老师当作范文念给同学们听。上大学时写过一些诗词，但那时一心想着毕业后教好书，并未把写诗当回事，只乘兴涂鸦，写而不存，从未投过稿，更未想过将来要出书。

　　大学毕业后从事高中语文教学，担任班主任，全身心投入到教育教学中，曾指导学生写诗歌、写散文、写小说并获过全国奖项，自己却从未写过。

　　我真正投入诗歌创作，是从担任托克托县第一中学校刊《黄河浪》总编开始的。本书所选写作时间最早的诗歌《七律·大石窑看黄河》，即为2004年《黄河浪》创刊后所作的第一首诗。由衷地感谢托一中，感谢培养并锻炼了我写作能力和编辑能力的《黄河浪》。

　　作为《黄河浪》的总编，我十分关注《云中文苑》。《云中文苑》是中共托克托县委宣传部主管的地方文化期刊，与托一中的校刊《黄河浪》同年诞生。为把《黄河浪》办好，《云中文苑》我每期必看。我一面从中学习编辑经验，一面读其中的诗文，许多优美诗文大大地激发了我的创作欲望。更重要的是，通过《云中文苑》，我对云中文化有了更多的了解。

　　云中文化是黄河文化与草原文化在相融共生中不断发展并丰富起来的，她特色鲜明，内涵丰富，大气磅礴，具有开放性、包容性与创新性，具有敢为人先、锐意改革、善于创新和诚信厚德的精神内涵。云中文化是中华文化的重要组成部分，或者说云中文化贯穿着中华文化的灵魂。

　　2010年7月，我在朋友的提醒下，在网上建立了博客，开始发表诗词赋联，且以发表律诗为主，因为我对律诗情有独钟，虽然律诗相对比较难写。

　　爱好写律诗与爱好写对联密切相关。我曾多次参加全国对联大赛。由于参加对联大赛，写对联的水平明显提高。我的参赛联获得过不少奖项，特别是2002年春节参加中央电视台《佳联妙对贺新春》有奖大赛，我的一副联在全球华人十几万副参赛联中被评为一等奖，更加激发了我写对联的兴趣。由于律诗中间的两联务须对仗，类似两幅对联，因而喜欢写对联的我钟爱律诗也就是很自然的事了。

　　我由爱写对联发展到爱写律诗，继而又由爱写律诗发展到了爱写赋。赋是介于诗和散文之间的一种文体，讲求文采和韵律，兼具诗歌与散文的特点，它铺陈渲染，纵横捭阖，典雅华美，为其他文体所难达到。写对联和写律诗的基础，对写赋颇有用，尽管不能划等号。

在博客中，我逐步结识了许多同好诗友，常与他们互相切磋，互相学习，取长补短，长进不小。

突然有一天，我发现了"中国诗赋网"，这是中国诗赋学会创办的网站，网站以发表旧体诗和联、赋为主，甚合我意。注册之后，我首发了《君子津赋》。不久后，网站负责人聘我担任《古风雅韵》栏目的编辑，我欣然答应；之后不久又让我担任该栏目的副主编；又过不久竟让我担任了该栏目的主编。这段经历使我对诗词赋联的钟爱不断升级。"中国诗赋网"极盛诗友唱和。诗友通过以诗相和，增进友谊，相互促进。

当编辑也好，任副主编、主编也罢，点评诗友诗作是必不可少的。我认真地品读诗友的诗作，仔细琢磨其思想内涵、构思方法、表现手法以及词语运用等等，使我对诗歌有了更深刻的理解，使我对诗歌技巧是为表情达意服务，二者相辅相成、相得益彰的认识，更为明确和具体了。

在经过一个阶段的学习、模仿和创作实践之后，我在写作诗歌上所用的时间远远地超过了写对联和赋。联和赋在快速记录生活、及时表达思想、抒写感情方面，皆不及诗歌。联的抒情性最差，赋写起来太费时间。写作诗歌，虽然我仍然偏爱写律诗，但还是开始尝试写其他诗体了，例如古风和词，偶尔也写一点现代诗。

2012年9月，我被聘任为《云中文苑》执行主编之后，我的创作进入了一个新的阶段。在审稿和编辑中，我深受作者们创作精神之鼓舞，深为他们的作品所感动，因而创作热情更高，所写作品更多了。

自2004年至今，我写了10余篇赋、近千首诗词和数百副对联。我从中

选出律诗绝句285首（其中五律12首，五言排律1首，五绝8首，七律242首，七言排律1首，七绝21首）、古风诗16首、词60首、赋7篇、对联53副，结集成书，以飨读者。

本书按内容编为"家乡好"、"祖国娇"、"人文美"、"道义尊"、"真情贵"五个部分。每个部分内，又以体裁分编，依次为律诗绝句、古风诗、词、赋、联。但这些体裁在正文中没有标注，只在目录中隔行加以表示。赋与联这两种体裁，非每部分皆有。

我的诗歌，曾受到过一些诗友的称道，认为立意高远，文笔严谨，哲理性较强。听着诗友的溢美之词，我说："我的诗作是否达到了你们所说的高度，有待更多的人来评价，但我自信我的诗文内容是积极向上的，形式是规范严谨的。"

我写作诗词赋联，严格按照相关格律和要求来写。律诗与联大多数是正格，有少数变格。变格诗联，需读者辨别。用韵方面，有的用新韵，有的用旧韵，但始终遵循新旧韵不混用的原则，关注用韵的读者亦需自己加以辨别。虽然我在写作时严格遵循格律，在整理过程中又做了认真核对，但很难保证没有疏漏。

文学作品具有功利价值，但更重要的是精神价值，我看重的显然是后者。希望读者能从本书中获得精神营养和相关知识，也希望本书能对托克托县文学创作和文化事业的繁荣和发展产生一定作用。

十分希望读者朋友，尤其是同学、同事和同好之友，能毫无保留地提出意见和建议，我会由衷地感谢！

马国和

2015年8月1日

目 录

家乡好

大石窑看黄河 …………………… 3
春 意 …………………………… 3
秋 ……………………………… 4
父辈喜耕稼 …………………… 4
咏燕子 ………………………… 5
校园晨景 ……………………… 5
思种瓜 ………………………… 6
读《〈云中文苑〉纪念改革开放
　　三十年专辑》 ……………… 6
咏托克托 ……………………… 7
游双河镇孟家沟 ……………… 7
咏双河镇社区 ………………… 8
托克托风采 …………………… 8
农 人 …………………………… 9
古城村 ………………………… 9
咏李裕智烈士与其妻祁金梅 … 10
咏明泉文化广场 ……………… 11

辛卯上元夜 …………………… 12
读《传奇卒头张喜云》 ……… 13
咏 春 …………………………… 14
立秋游神泉生态旅游景区 …… 14
石俊贵馆长 …………………… 15
贺 岁 …………………………… 16
新 居 …………………………… 16
贺《云中文苑》创刊十周年 … 16
咏骏马 ………………………… 17
赏大漠黄河 …………………… 17
神泉生态旅游景区赏菊 ……… 18
人杰地灵 ……………………… 18
参观刘树梅种养殖基地 ……… 19
梦神泉景区 …………………… 19
桑梓芍药咏 …………………… 20
题"墙角紫梅"画 …………… 20

葡萄吟 ………………………… 21
放歌云中 ……………………… 22

清平乐·游盛乐公园 ……………26
永遇乐·君子津 …………………27
宴清都·蟠龙旗杆 ………………28
水龙吟·溯河口镇 ………………28
渔家傲·思乡 ……………………29
莺啼序·恋乡曲 …………………30
钗头凤·幸福家园 ………………30
行香子·湖韵
——秋赏神泉生态旅游景区湖景
 ……………………………………31

君子津赋 …………………………31
托中赋 ……………………………34
托中愿景赋 ………………………37
托民中建校四十周年赋 …………39
托克托赋 …………………………40

祖国娇

雨中游水涛沟 ……………………49
游中州感怀 ………………………49
游黄河中原风景区 ………………50
迎 奥 ……………………………50
华族咏 ……………………………51
咏箫笛之乡 ………………………52
贺嫦娥二号升天 …………………53
上海世博会感怀 …………………53

芙蓉嶂 ……………………………54
咏中国高铁 ………………………55
辛亥革命百年祭 …………………55
步云山温泉 ………………………56
赞花都汽车产业基地 ……………56
观广州亚运会有感 ………………57
咏麻城杜鹃 ………………………58
太行山 ……………………………58
灯炉寨瀑布览胜 …………………59
"神九"飞天有感 …………………60
通天河森林公园 …………………60
东丽湖宏图 ………………………61
赏兴平荷 …………………………61

茶之歌 ……………………………62

八声甘州·访晋祠 ………………64
西河·汾河公园 …………………65
莺啼序·中原古都行 ……………66
满庭芳·赏龟峰山杜鹃花 ………67
依韵和林芳兵《忆秦娥·嫦娥奔月》
 ……………………………………67
暗香·博平 ………………………68
水调歌头·关门山生态园 ………69
鹧鸪天·时近中元游草原 ………69
点绛唇·天宫一号 ………………70

华山赋 …………………………………70

天津市东丽湖景区 …………………75
贵州省施秉县云台山景区 …………75
山东省潍坊市 ………………………76
广东省中山市南头镇 ………………77
山东省棉都"夏津杯" ………………77
广东省广州市番禺区"和谐番禺" …78
陕西省宝鸡市农行 …………………78
山西省古交市 ………………………79
山西省平遥古城迎奥运圣火 ………79
江西省南昌市"红谷滩杯"春联 …80
陕西省西安市城门春联 ……………80
浙江省温州市"迎春福"春联 ……81
《河南日报(农村版)》春联 ………81
湖北省"楚天杯"春联 ……………82

人文美

绵山大罗宫 …………………………85
游开封清明上河园 …………………86
洪秀全故居"龙眼树" ……………87
河边赏桃树 …………………………88
悼罗京 ………………………………88
咏　柳 ………………………………89
读林觉民《与妻书》 ………………90
咏荷数字歌 …………………………91

白居易 ………………………………91
李　贺 ………………………………92
金石为开三首 ………………………93
思杜甫 ………………………………95
看第25届金鹰奖颁奖晚会有感 …96
荷池咏 ………………………………96
观电视剧《毛岸英》感怀 …………97
李　白 ………………………………98
呼兰洛神咏 …………………………99
鲁　迅 ………………………………99
石景咏 ………………………………100
看新版电视剧《红楼梦》感慨 …101
咏　兔 ………………………………102
题《春水》图 ………………………102
题《荡舟》图 ………………………103
步韵和刘照荣 ………………………103
寄韵怀屈原 …………………………104
读《天问》感怀 ……………………105
玉兰花 ………………………………106
和诗友冯文山 ………………………107
景仰岳飞 ……………………………108
理学大儒 ……………………………108
杨贵妃与荔枝 ………………………109
赏梧桐 ………………………………110
中秋短信 ……………………………111
范仲淹与岳阳楼 ……………………111
教师节致武训 ………………………112

| 恤　民 …………………………113 | 品诗韵 …………………………132 |
| 步李商隐《无题》诗韵四首 ………114 | 琴音韶乐 ………………………133 |

孙中山
　　——电视剧《辛亥革命》观后感
　　　　　　　　　　…………116

嬉　雪 …………………………117
诗路驰征 ………………………117
木拱廊桥 ………………………118
康乃馨 …………………………119
春兰吟 …………………………119
步韵和张世才先生《观云》 ……120
放飞梦想 ………………………121
格律诗词叹 ……………………121
红豆吟 …………………………122
读《云天诗稿》 ………………122
崇　文 …………………………123
微　博 …………………………123
嫦　娥 …………………………124
国庆抒怀 ………………………125
圆梦文苑 ………………………125
题《湖边春色》图 ……………125
聆听艺术家言 …………………126
吟咏诗词 ………………………126

夏虹美风景 ……………………127
歌赞郭明义 ……………………129
牡丹吟 …………………………131

满庭芳·乔家大院 ……………134
鹧鸪天·瞻仰萧红故居 ………135
忆江南·春 ……………………135
蝶恋花·叹古代四大美女四首 …135
沁园春·华贵小区 ……………138
沁园春·博中寻益 ……………138
和洛城夜雨《桂枝香·桂花》 …139
忆江南·夏 ……………………139
钗头凤·虎 ……………………140
桂枝香·元宵夜 ………………140
忆秦娥·博园 …………………141
一七令·醉诗 …………………142
步烟雨三湘《鹧鸪天·寄语诗赋网》韵
　　　　　　　　…………142
和林芳兵卜算子《竹》《梅》《云》《海》
　　四首 ………………………143
一七令·诗 ……………………145
忆江南·冬 ……………………145
清平乐·秋韵 …………………145
浪淘沙·赏枫照 ………………146
一七令·青松 …………………146

江西省南昌市"八大山人"梅湖景区
　　　　　　　　…………147

江苏省南京市纪念郑和下西洋 …… 147
江西省抚州市临川区 …… 148
陕西省西安市灞桥区 …… 149
陕西省西安市华清池 …… 150
山东省章丘市清照词园 …… 151
中华宰相村 …… 152
山西省太原市"傅山杯" …… 152
江苏省南通市文天祥祠 …… 153
河北省张家口一中九秩校庆 …… 154
黑龙江省肇东市文代会 …… 155
江西省广昌市"国际莲花节" …… 155
吉林省长春市图书馆 …… 156
江苏省无锡市无锡图书馆 …… 156
湖北省荆门市"第八届中国艺术节"
　　…… 157
内蒙古鄂尔多斯"奇石古玩城" …… 157
中央电视台《佳联妙对贺新春》 …… 157

道义尊

平遥票号 …… 161
嘲　病 …… 161
咏竹四首 …… 162
赏　玉 …… 163
端午寄言 …… 163
命　运 …… 164
读《蒙牛内幕》四首 …… 164

咏　虎 …… 166
春光曲 …… 166
西瓜咏 …… 167
反思舟曲泥石流灾害 …… 167
淡　静 …… 168
咏竹三首 …… 168
空谷咏 …… 170
恒 …… 170
鸿鹄咏 …… 170
咏　山 …… 171
嗜　书 …… 171
雏　鹰 …… 172
比 …… 172
祝任我行生日大吉（藏头诗） …… 172
咏　雪 …… 173
劲松咏 …… 174
咏　梅 …… 174
步韵和马鸿父《梅》《兰》《菊》《竹》
　四首 …… 175
虎气祥云伴逝年五首（辘轳体） …… 177
家　教 …… 179
大海咏 …… 179
题《梅鹤翁》图赠刘照荣友 …… 180
上网莫入邪门 …… 181
五十八岁抒怀 …… 181
茉莉咏 …… 182
品　韵 …… 182

莫嘲"访农家" ……………182	杞人忧天 ……………196
教育当反思 ……………183	林中漫步遐思 ……………196
自 嘲 ……………184	孝忠
咏 莲 ……………184	——读王庆云《新编二十四孝诗文》
玫 瑰 ……………185	……………197
青青草 ……………185	讯 鳄 ……………198
燕 子 ……………185	氤 氲 ……………198
石磨咏 ……………186	总 ……………199
咏岸柳 ……………186	步"月下求师者"《无题》诗韵 …199
咏 藕 ……………187	补 磁 ……………200
读李天童谢母恩文有感 ……188	劲草与鲜花 ……………201
夏之梦 ……………188	梦玫瑰 ……………201
荷花咏 ……………189	草花咏 ……………201
心 态 ……………189	昂首行 ……………202
爱岗敬业咏 ……………190	诗如美玉 ……………202
斥谎言 ……………190	红玫瑰 ……………203
圆 ……………191	闻传言随想 ……………203
月饼之愧言 ……………191	清泉同韵二首 ……………204
诺 ……………192	教师节抒怀 ……………204
辛亥革命先驱 ……………192	嘲笑面 ……………205
国 人 ……………192	童 心 ……………205
纵火怒天 ……………193	莫冲动 ……………206
凝 聚 ……………193	探 索 ……………206
袁世凯 ……………194	题《春思》图 ……………206
咏雪数字歌 ……………195	碧草情 ……………207
圣 诞 ……………195	风中草 ……………207
赏 雪 ……………195	赏弹琴奏乐 ……………208

青春赞 ……………………… 208
嘲野蛮 ……………………… 208
中秋对月遐思 ……………… 209
读书乐 ……………………… 210
秋　景 ……………………… 210
听晋剧牌子曲 ……………… 211
题《月下孤影》图 ………… 211
题白菊花 …………………… 211
观夜景 ……………………… 212
忠诚宪法 …………………… 212
题《淑女》图 ……………… 213
题南茜《竹林听雨》画 …… 213
初　冬 ……………………… 214
题《落叶》图二首 ………… 214
凡与不凡 …………………… 215
咏冬梅 ……………………… 215
崇道义 ……………………… 216
向　阳 ……………………… 216
唱响绿色赞歌 ……………… 216
"芳园文苑"满三月贺 …… 217
向善心 ……………………… 217
平安夜感怀 ………………… 218
步新回眸 …………………… 218
海边观日 …………………… 219
呼唤绿色食品 ……………… 220
庸俗岂可乱艺坛 …………… 220
上海"11·15"特大火灾之思索
　………………………… 221
护林功 ……………………… 223
东风织碧茵 ………………… 223

满江红·赞清廉奉公 ……… 224
满江红·忆游洛阳牡丹园 … 225
贺新郎·京西贡米 ………… 225
清平乐·教师颂 …………… 226
满庭芳·咏松 ……………… 226
天香·欣赏《黎明》鸣奏曲 … 227

德才赋 ……………………… 227

真情贵

写在老伴五十四岁生日 …… 231
迎春生日致贺 ……………… 231
女婿潘冬生日致贺 ………… 231
儿子新婚庆典 ……………… 232
问候文友 …………………… 232
寄语侄儿宇飞 ……………… 233
钟爱诗赋 …………………… 233
扬帆生日致贺 ……………… 234
元旦致友 …………………… 234
寄语《中国诗赋网》 ……… 235
迎新春寄语 ………………… 236

新正致意文友 ……………236	读《丰泉秋月集》忆张宝荣老师
悼念王燕生先生 …………237	……………249
痛悼亲家潘志忠 …………238	致学弟张宝肖 ……………250
痛悼"蒲河之子" …………239	读武耀《涛声集》 …………250
编辑《春天诗会》感言 …239	致王培义老师 ……………251
赏邓澍国画《梅》与六行诗《画梅》	致同学张秉谦与刘济文 …251
……………240	悼念母亲 ……………………252
"细雨梦回"芳辰致贺 ……240	诗意盎然 ……………………252
祝福诗友邓澍母亲诞辰 …241	致孙继善老师二首 ………253
致主编邓澍贺《春天诗会》出版	赏赵福油画 ………………254
……………242	
悼二舅父 ……………………242	母爱囊天地 ………………255
贺侄儿马三毛新婚庆典 …243	秋　颂 ……………………255
遗　憾 ……………………243	
致慈母 ……………………244	十六字令·过小年三首 …256
致女儿 ……………………244	点绛唇·告慰 ………………257
迎春节 ……………………245	行香子·贺"七巧"芳辰 …257
望星空 ……………………245	莺啼序·祭祖父祖母 ……257
感怀母恩	长相思·和雨晴 ……………259
——读徐国华诗歌《母亲的刺绣》	行香子·花影生日致贺 …259
……………246	渔家傲·中秋望月 …………260
鹤鸣仙苑——致诗友梁鹤 …246	潇湘神·明月圆 ……………260
潘劲辰 ……………………247	虞美人·题小外孙大连海边照同韵二首
马如君 ……………………247	……………260
读云珍《飞行的麦穗》 …247	
情钟文苑 …………………248	后　记 ……………………262
甲午清明悼母亲 …………248	

家乡好

大石窑[1] 看黄河

2004 年 5 月 17 日

在大石窑村,独步于黄河岸边,时值中午,周围十分宁静。

静对黄河意兴绵,得暇独赏甚悠闲。
幽翻细浪如鳞耀,欢放清音似瑟弹。
喜看上游巍柱立,殷期两岸大桥连。
春风强劲农人乐,铁道通车富路宽。

【注释】

[1] 大石窑村:在托克托县新营子镇南部,距黄河 500 米。

春　　意

2005 年 3 月 17 日

载韵春风拂雅境,心欢气旺喜盈门。
山川明丽天回暖,草木兴荣地绣茵。
嫩绿北国方孕育,嫣红南土早来临。
生机一派家园美,独领风骚报好音。

秋

2005年10月17日

西风带籽欣然至,顺应季节不滞迟。

气旺碧天呈朗意,颜昭金色显丰姿。

迎冬当贮防寒物,忆夏已挖御涝池。

昼雨潇潇霜夜降,却思苗壮草芳时。

父辈喜耕稼

2006年5月

挥汗扶犁又一秋,冀期稔岁[1]庆丰收。

田间滑腻曾存水,腹内甘甜屡赞牛。

尽力翻耕何畏倦,勤心稼穑不思休。

年年乐在庄田里,甘愿一生恋垅畴。

【注释】

[1]稔岁:丰年。稔(rěn),庄稼成熟。

咏燕子

2006年5月

春风送暖泽天宇,杨柳悄然吐嫩芽。

燕子翔空双翼劲,衔泥勤垒幸福家。

校园晨景

2007年6月26日

阑珊[1]静夜雨缠绵,晨沐清风缓步前。

草叶蒸蒸矜翠碧,柳枝袅袅弄娇妍。

嘤嘤[2]鸟啭墙垣外,朗朗书声楼宇间。

景醉情怀抬望眼,彤彤朝日映蓝天。

【注释】

[1] 阑珊:残,将尽。

[2] 嘤嘤(yīng yīng):象声词,形容鸟叫声或低而细微的声音。

思种瓜[1]

2008 年 10 月 14 日

黑里藏白色至纯,剥开品味赞香仁。
谁家下种孜孜育,我意包田每每询。
莫笑文人闲戏谑,尝为农户苦耕耘。
倘如抚弄西瓜地,甘做园丁乐付辛。

【注释】

[1] 磕西瓜子的时候,回想起当年在村里种瓜、看瓜的情景,觉得田园生活颇有情趣。

读《〈云中文苑〉纪念改革开放三十年专辑》

2009 年 3 月

掩卷心潮逐浪涌,更嗟革故鼎新功。
双河儿女目标远,百业精英志气宏。
昔日开来勤拓路,今朝继往勇争雄。
小康美景频招手,奋进疾驰力不穷。

咏托克托

2009 年 5 月 20 日

古月欣观锦绣容，黄河黑土蕴文明。

桑田沧海精魂在，碧宇白云丽景成。

燕舞莺歌春意里，嫣红姹紫日晖中。

与时俱进宏图展，神采飞扬上远程。

游双河镇孟家沟[1]

2009 年 8 月

蜿蜒数里夏风悠，旖旎[2]清新美韵流。

芦苇迎宾摇碧翠，柳杨沐日媲娇柔，

仰观棠杏枝头笑，俯察葡萄叶下俦[3]。

更喜木桥溪上建，为民造福写春秋。

【注释】

[1] 孟家沟：托克托县双河镇一溜湾中的一条沟。沟幽深，路不平，有泉溪湿浸，雨天更难行。这里气候和土壤非常适合葡萄的生长，可是成熟后的葡萄只能靠人工用箩筐、篮子、纸箱等肩挑手提运送出沟。每年葡萄成熟的时节，如遇到阴雨连绵天气，不能及时地把熟透了的葡萄全部运送出沟，葡萄便会自行掉在地里腐烂，化成泥土。2008 年，镇里筹拨资金，派技术人员驻村指导修路。

经过近两个月的施工，一条宽3米、长1.6公里的砖石路延伸到了孟家沟的深处，葡农深得其益。

[2] 旖旎（yǐ nǐ）：本意为旌旗随风飘扬的样子，引申为柔和美丽，多用来描写景物；也指柔美、婀娜多姿的样子，用来比喻女子美丽。

[3] 俦（chóu）：同辈、伴侣，这里用作动词，指相伴。

咏双河镇社区

2009 年 10 月

精筹巧布蓝图绘，尽力争先推进程。
务实时时遵党旨，求真事事重民生。
区铺一镇开新貌，惠及千家洒挚情。
喜沐东风迎丽日，思兴文化毓灵明。

托克托风采

2009 年 11 月

河奏欢歌赞地灵，人文放彩早驰名。
一朝电力佳音报，数载园区胜气萦。
大道铺开呈畅阔，新楼崛起展恢弘。
兴荣经济凝心力，跃马扬鞭奔远程。

农　人

2010 年 8 月 13 日

田间挥汗思苗旺，梦里悠观硕果堆。

岁岁耕耘多冀盼，家家稼穑不愁哀。

勤心恍若炉中火，懒体乃如锅下灰。

五谷丰登欢庆贺，欣听锣鼓笑颜开。

古城村[1]

2010 年 8 月 18 日

塞外名村源远长，云中遗址[1]载沧桑。

鹄翔天宇风光丽，苗旺田园泥土香。

回首千年追故事，勤身四季谱华章。

民歌盛世兴文化，共建和谐奔小康。

【注释】

[1]《水经注·虞氏记》记载：赵武侯在黄河西岸筑城，因有一面墙倒塌没有筑成功而占卜。赵武侯在阴山以南，黄河西来向南转折处祈祷，大白天见一群天鹅于蓝天白云中飞翔，天鹅的下面闪耀着明亮的光芒。武侯心想，这不就是指示我筑城的地方吗？于是就建造了这座云中城。云中城遗址在托克托县古城镇古城村西。

咏李裕智烈士与其妻祁金梅 [1]

2010 年 10 月

烈士精魂永世生，丰碑高耸后人崇。

黄河炼智屠龙[2]胆，黑土铭梅毓嗣[3]功。

苦尽终尝甘果美，福来不忘战旗红。

有志儿女怀宏志，锃亮[4]乾坤[5]大道通。

【注释】

[1] 李裕智（1901—1927）又名巴图尔罄，字若愚，蒙古族，呼和浩特市托克托县人。1918—1923 年，先后就读于土默特高等学校、归绥中学。1923 年秋，入北京蒙藏学校学习。1924 年初，加入中国社会主义青年团，后转为中国共产党党员，是最早的蒙古族共产党员之一。

1925 年初，李裕智受中共北方区委派遣，赴包头开辟工作，任中共包头工作委员会负责人，成功地发动上千人参加石拐煤矿工人大罢工，并建立了萨拉齐等地的农民协会。同年 10 月，奉中国共产党的负责人李大钊的指示，参加内蒙古人民革命党第一次代表大会，加入该党并当选为该党中央候补执行委员。

1926 年初，李裕智赴广州出席中国国民党第二次代表大会。同年秋，内蒙古人民革命军建立，任副总指挥。曾配合冯玉祥在陕西作战。1927 年 10 月上旬，率内蒙古人民革命军骑兵独立旅一、二营开赴伊克昭盟乌审旗，途经毛乌素沙漠时，不幸被叛徒杀害，年仅 26 岁。

李裕智牺牲后，其妻祁金梅，在战乱年代把两个孩子抚养大，受尽了辛酸和熬煎。她以烈士家属的风范支持革命、宣传党的政策，精神十分可贵。新中国成立后,祁金梅得到了党和政府的关怀和照顾,她心怀感激之情,为党和人民的事业尽心尽力地工作,受到了人们的敬重。于1974年去世。

为纪念李裕智烈士,1990年7月1日,中共托克托县委员会、托克托县人民政府在李裕智的家乡修建了烈士纪念塔。塔身上刻有原国家副主席乌兰夫的题词"李裕智烈士永垂不朽"。"李裕智烈士纪念塔"被列为内蒙古自治区重点文物保护单位。

[2] 屠龙:比喻跟强敌做英勇斗争。柳亚子《有怀章太炎邹威丹两先生狱中》诗:"泣麟悲凤伴狂客,搏虎屠龙革命军。"叶剑英《远望》诗:"赤道雕弓能射虎,椰林匕首敢屠龙。"

[3] 毓嗣:培育后代。

[4] 锃亮(zèng liàng):反光发亮。

[5] 乾坤:天地,国家。

咏明泉文化广场

2010年10月

明泉龙柳[1]昭风采,盛世兴文唤骏才。

广场建成功不朽,造福后裔铸高台。

【注释】

[1] 明泉龙柳,托克托县新营子镇黑水泉村明泉文化广场前面的两棵大柳树,村人称作"龙柳",已有百年历史。明泉又称"黑水泉",本是自流泉水,如今已不能自流。

辛卯上元夜[1]

2011年2月18日

红笼竖挂彩旗横,字映悬灯[2]喜贺迎。

锣鼓声威街景壮,烟花色灿夜空明。

山川星月均得趣,鱼兔狮龙倍尽情。

劲舞欢歌携美愿,殷期硕果上荧屏。

【注释】

[1] 农历正月十五元宵节,又称为"上元节",是中国汉族和部分少数民族的传统节日之一,在2000多年前的秦朝已有。汉文帝时,朝廷下令将正月十五定为元宵节。正月是农历的元月,古人称夜为"宵"。正月十五日是一年中第一个月圆之夜,在一元复始、大地回春的夜晚,按中国民间的传统,人们要点起彩灯以示庆贺,并出门赏月,燃放焰火;猜灯谜,吃"元宵",同庆佳节,其乐融融。

[2] 悬灯:指高悬的彩灯。托克托县辛卯元宵夜有舞狮舞龙等社火演出,彩车上有外形做成兔子(辛卯年是兔年)和鱼(象征年年有余)的大灯。

读《传奇卒头张喜云[1]》

2011年3月28日

一经捧读手难离,感动萦怀细究推。

十载从戎磨胆略,三碑载韵耀光熙[2]。

归田曾洒蒙冤泪,入暮[3]方舒仗义[4]眉。

曲折生平无价宝,精魂足以谱传奇。

【注释】

[1] 张喜云(1922—1990):内蒙古托克托县古城镇珠斯郎自然村人。1938年参加大青山抗日游击队,1946年加入中国共产党。在抗日战争和解放战争中右臂与左腿先后负重伤,为一等革命伤残军人。

1950年,张喜云解甲归田,在历次政治运动中受过不公正待遇,1987年平反。有三块墓碑,一块为1951年陕西省鄜县(今富县)人民政府所立(误以为牺牲),另两块为托克托县人民政府于1999年所立,一块在珠斯郎村张喜云陵园,一块在托克托县烈士陵园。

[2] 光熙:光明、光亮,这里指闪光的精神。

[3] 入暮:傍晚,这里指步入晚年。

[4] 仗义:主持公道。

咏　春

2011年4月9日

寒别大地暖风吹，冰雪潜踪燕子归。

杨柳妖娆花絮闹，山川明丽雨云追。

田间渐次新苗起，垅畔频来笑语飞。

冀望家园如锦绣，无边美景永相随。

立秋游神泉生态旅游景区

2011年8月8日

何年泉出无须晓，但赏奇珍溯仰韶[1]。

大漠原来涵雅懿，石桥相与铸妖娆。

潺潺流韵泽今古，熠熠生光荣暮朝。

画境驰名开塞外，盘桓河畔乐逍遥。

【注释】

[1] 仰韶：借指海生不浪文化遗址（位于距黄河上中游分界点河口约5公里左右的"神泉生态旅游景区"西南不远处），有关学者认为海生不浪文化隶属于仰韶文化。

石俊贵[1]馆长

2011年11月

制钱搜集本无声,有赖持衡享盛名。

一路勤研文史重,千般苦探利功轻。

潜心考古传佳话,竭智求新得美评。

欲晓云中昔年事,还须馆长说详情。

【注释】

[1] 石俊贵:男,1947年1月生,内蒙古呼和浩特市托克托县人,原托克托县博物馆馆长。青少年时代,看到家乡有很多古城遗址,为了弄清楚这些古遗址的时代和名称,他开始刻苦自学中国历史、文物考古、钱币学和货币史,边学习边实地考察,并搜集本地区的出土文物。他跑遍了县境及周边旗县的山山水水,几十年如一日,手中掌握了大量的实物资料和文字资料。

石俊贵本是一名普通工人,因热爱收藏和文物研究有所造诣,被托克托县政府于1990年破格录用到文物部门工作。1992年托克托县博物馆建成后,他毅然将耗费自己20多年精力征集到的2000多件珍贵文物捐赠给了博物馆。

石俊贵撰写的论文多次发表在专业刊物上,曾荣获省、市两级"自学成才"奖,被选编入《中国当代学者大辞典》。1996年被评为呼和浩特地区"十佳市民",获得了"市长特别奖"。生前为中国钱币学会会员,内蒙古社科联钱币学会、万里长城学会、考古学会会员,曾任呼和浩特市钱币学会常务理事、民族民间文学艺术家协会副主席、黄河文化研究会副秘书长。

贺　岁

2012年2月25日

树昭喜韵贮浓情，晨沐曦光听鹊鸣。
村院清幽环紫气，屋窗净亮纳和声。
新春寒袭心头热，老母身康宅下宁。
畅享天伦团聚乐，龙年贺岁福多迎。

新　居

2012年11月2日

邻山近水怡情地，境雅风清迎碧天。
草长莺飞偕木秀，泉喷水溅共人欢。
常因望远开轩久，莫用登高放眼宽。
无虑出门车受阻，柏油道上畅驱前。

贺《云中文苑》创刊十周年

2014年6月9日

戮力凝情择向明，十年逦迤总前行。
文间洋溢家乡韵，苑里涵濡泥土情。

喜看新苗争盛旺，倍欣美玉耀晶莹。
流金烁石非虚幻，岁月长河载至诚。

咏骏马

2014年7月13日

忽见前行小巷间，扬鬃昂首摆臀圆。
落蹄举步人观后，望路凝神主伴前。
口赞身姿呈健壮，心钦毛色秉纯妍。
乘骑必自威风振，驰骋千遭倦不闲。

赏大漠黄河

2014年8月6日

醉赏风光沙碛间，黄河淼淼与争妍。
匝周碧草疏稀美，满眼金丘迤逦延。
笑语声声言雅韵，游心切切步柔滩。
望流浩荡陪船动，壮景迷人岂可闲？

神泉生态旅游景区赏菊

2014 年 10 月 6 日

徜徉湖旁赏丽颜,留存靓照贮娇鲜。

灵柔尽写芳容上,秀雅深凝美态间。

醉看不伸双手抚,静思但愿一心诠。

缤纷五彩谁不爱?络绎争来尽意观。

人杰地灵

2014 年 10 月 22 日

黄河自古毓灵明,河口托城岸畔兴。

汲取乳汁慈母报,开出佳境号旗[1]擎。

求学放眼观寰宇,创业驰思择路程[2]。

珠玉金银诚价贵,高低难比故乡情。

【注释】

[1] 号旗:用作联络信号的旗。

[2] 路程:多义词,指前进的道路和方向。

参观刘树梅[1]种养殖基地

2014 年 8 月 17 日

2014 年 8 月 17 日，偕同妻子参观托克托县双河镇海生不浪村刘树梅的种养殖基地，归来而作。

满目葱茏田亩间，欣观共赏乐流连。
闻言嗟叹描图美，放眼钦服拓路宽。
既往回村勤创业，而今圆梦力兴园。
领群头雁巾帼志，一路高翔展翅翩。

【注释】

[1] 刘树梅：2011 年被评为自治区致富带头女能人。

梦神泉景区

2015 年 4 月 20 日

昨梦风光历历新，丰姿满载展芳春。
娇颜雅韵悠悠看，美愿纯情默默临。
人近真真无悔意，襟开落落有牵魂。
景区静赏形容俏，饱览焉能不醉心？

桑梓芍药咏

2015年5月23日

吐艳争芳远浅浮,拥山抱野绣新图。

柔枝翠叶羞金钏,丽质红颜黯玉珠。

人赞无骄花相[1]贵,画成可媲牡丹姝。

诗情迢递延风采,不朽春魂跃跃如。

【注释】

[1] 花相:芍药被誉为"花中之相",即花中之宰相,而牡丹被誉为"花中之王"。

题"墙角紫梅[1]"画

2015年5月25日

天然秀挺一枝花,绽蕾园中素韵加。

被雪流香争馥郁,凌寒孕美展风华。

莫讥乖戾藏墙角,应晓从容爱水涯。

重瓣含苞凝色紫,卧姿瘦骨羡云霞。

【注释】

[1] 紫梅:梅花的花色有紫红、粉红、淡黄、淡墨、纯白等多种颜色。"红梅",花形极美,花香浓郁;"绿萼",花白色,萼片绿色,重瓣雪白,香味

袭人；"紫梅"，重瓣紫色，淡香；"骨里红"，重瓣色深红，凋谢时色亦不淡，树质似红木；"玉蝶"，花白略带轻红，有单重瓣之分，轻柔素雅。成片栽植的梅花，疏枝缀玉，缤纷怒放，有的艳如朝霞，有的白似瑞雪，有的绿如碧玉，形成梅海凝云、云蒸霞蔚的壮观景象。

古人认为"梅以形势为第一"，形势即形态和姿势。形态有俯、仰、侧、卧、依、盼等，姿势分直立、曲屈、歪斜。梅花树皮漆黑而多糙纹，其枝虬曲苍劲，有一种饱经沧桑、威武不屈的阳刚之美。梅花枝条清癯、明晰、色彩和谐，或曲如游龙，或披靡而下，多变而有规律，呈现出一种很强的力度和线的韵律感。

葡萄吟

2010 年 9 月

托县葡萄何处寻？一溜湾里绿成荫。
阡陌曲折通其下，停车徒步望碧云。
绮丽风光无限好，清幽意韵美乡村。
笑语欢声迎面起，土埂迤逦婀娜身。
翩翩嬉戏青春秀，平添生气荡铃音。
汇聚恭询何处来，答曰青城旅游人。
葡萄架下连声叹，粒粒如珠色泽新。
葡农言说先品尝，不甜不收半分文。
俱言口感非一般，皮薄汁多味甘纯。
赞不绝口心艳羡，感慨质佳问其因。
土壤气候与品种，其一或缺皆不成。

更兼培植适时令,身勤还须技巧通。
漫步黄河一溜湾,倍慕葡萄副盛名。
特产非为随处有,打造品牌赖真功。
葡萄伴随旅游业,溢彩流光耀云中。
秋来游客八方至,我自嗟叹乐品评。
评罢绕树择佳串,将贻佳友寄挚情。
亲手剪就包装毕,驱车满载不虚行。
静夜不眠思昼日,湾里景致脑际萦。
田园馨香沁心脾,碧野丽日伴清风。
串串珠玑紫光灿,蓝天白云盛意迎。
儿时曾做葡萄梦,垂涎三尺化泡影。
如今品尝遂心愿,浓情化作珍珠咏。

放歌云中

2010 年 10 月 4 日

神州北疆地,云中位据优,
自古征战频,渐融各民族。
武侯筑城垣,传以因鸿鹄[1]。
赵雍有卓识,改革展宏图。
胡服骑射后,强兵拓且守。
邈邈云中郡,秦汉名续有。[2]
阴山黄河间,牧族窥视久。

不时扰其境,水草目中瞅。
数代英雄将,保边抗匈奴。[3]
战和相更替,始终相交逐。
单于呼韩邪,与汉意相如。
昭君明大义,出塞结姻胡。
自此征战止,边境和风拂。[4]
三国两晋时,鲜卑拓跋据。
游牧敕勒川,渐强无人匹。
息众课农策,北魏强实力。
遂以向中原,攻占始称帝。[5]
隋唐抵突厥,民遭战乱多。
五代辽金元,东胜云内择。
明建东胜卫,始有托克托。[6]
人名做地名,至今未易挪。
河口水道畅,津渡盛船车。
日寇侵华夏,奋起斗阎罗。
东方太阳出,民得党恩泽。
各族大团结,欣建新中国。
钟灵以毓秀,儿女力图强。
先驱丰碑树,裕智名永扬[7]。
拓路兴文道,重教建序庠。
俊彦遍天下,九州谱华章。
于今逢修世,天鹅慕河湖。
步入快车道,发展绘蓝图。

电厂千秋业，高塔吐金珠。
园区争跨越，经济开坦途。
大道矜宽阔，市民楼居舒。
免税发粮补，率先将农扶。
种养偕副业，村村沐霞光。
田野生机满，农人喜气扬。
玉米始结粒，蔬菜溢芳香。
奶牛多产奶，鸡鸭戏猪羊。
科技入农户，丰产乐无疆。
兴建文化县，旅游铸鸿猷。
古城堪读史，南湖好荡舟。
风景倍爽心，生态呈美柔。
神泉泉洌洌，沙漠漠幽幽。
索道凌空架，广寺[8]巧模修。
传说涵情韵，神话蕴智谋。
特产迎嘉客，品尝涎水流。
葡萄湾里挂，鲫鲤水中游。
椒红色味美，豆腐名境周。
会朋频举盏，云中老窖俦。
情纯民风朴，畅游去尘忧。
地处黄河岸，蒸蒸向繁荣。
铁道贯南北，高速车曳风。
环境迎翥凤，民生喜腾龙。
争先勇夺冠，策马拓鹏程。

【注释】

[1] 见本书《古城村》注释。

[2] 赵雍……名续有：赵雍即赵武灵王（前340—前295），是我国封建社会初期一位具有雄才大略的政治家和军事家，他所推行的"胡服骑射"政策，对于当时和以后中国社会的发展都产生了积极的影响。赵武灵王在位期间，正处于战国中后期，列国间战争频仍，兼并之势愈演愈烈，各诸侯国均发愤图强，以图立于不败之地，进而吞并诸国，称霸华夏。当时，赵都邯郸，疆土主要有当今河北省南部、山西省中部和陕西省东北隅，被齐、中山、燕、林胡、楼烦、东胡、秦、韩、魏等国包围着。赵武灵王即位前，赵的国势很弱，往往无力抗击中山国等小国的侵扰。赵武灵王即位后，在实行"胡服骑射"前的18年中，赵屡败于秦、魏，损兵折将、国力大衰，不得不忍辱割地。林胡、楼烦也乘此机会，连年向赵发动军事掠夺，赵国几乎没有还击之力。

在这样严峻的形势面前，赵武灵王决心发愤图强，以振兴日渐衰弱的赵国。他客观地分析了当时赵国的实际情况和所处的环境，认真研究了壮大赵国力量的办法，以超凡的才略和气魄，大胆学习北方游牧民族军事上的优点，毅然抛弃了中原传统的衣冠制度和作战形式，下令在全国推行"胡服骑射"。

云中城作为云中郡治所，成为北部边疆的政治、军事重镇，促进了当地农牧业生产的发展和社会的进步。秦并天下，实行郡县制，分全国为三十六郡，仍置云中郡，领云中、武泉二县。

[3] 指战国时赵国的李牧，秦代的蒙恬，西汉的李广、卫青、霍去病等。

[4] 公元前33年，北方匈奴首领呼韩邪单于请求和亲，以结永好。汉元帝尽召后宫妃嫔加以选拔。王昭君（名嫱，字昭君，乳名皓月，汉族人，晋朝时为避司马昭讳，又称"明妃"，汉元帝时期宫女，西汉南郡秭归人）慷慨应诏和亲，历时一年多，于第二年初夏到达漠北，受到匈奴人民的盛大欢迎，昭君

被封为"宁胡阏氏",意为匈奴有了汉女做"阏氏"(王妻),安宁始得保障。

[5] 公元258年,首长拓跋力微率拓跋部游牧于云中地区。拓跋部在这里不断积蓄力量,到西晋时期逐步发展到"控弦骑士四十余万"(《魏书》卷1《序纪》),成为塞外雄族。

[6] 脱脱(妥妥):原名萨尔玛尼,蒙古族,又称达云恰、恰台吉,系成吉思汗后裔明代蒙古土默特部首领俺答汗(阿勒坦汗)之义子,是俺答汗不可或缺的辅臣,著名的外交活动家。他随义父俺答汗南征北战,在统一土默特部、维护其统治以及与大明王朝政治经济之往来中,立下汗马功劳,深受尊崇与拥戴。公元1531年,义父俺答汗嗣位,其九子各掌一部,脱脱作为九子之一受封驻牧于东胜卫城。东胜卫既是脱脱之受封地,也是其大本营、根据地,故而原地名渐渐由其姓名所替代,称之为"脱脱城",后译为"托克托城",一直流传至今。

[7] 裕智:即李裕智。

[8] 广寺:即广宁寺。

清平乐·游盛乐公园[1]

2005年8月20日

8月13日到和林格尔县县城,14日偕家人游盛乐公园,母亲和小外孙同往,更添兴致,归来记之。

黎明即起,老幼观光喜。指点相携说旖旎,诚爱丰姿故里。
往昔荒漫南山,今朝盛乐公园。名胜百亭悦目,倍喜钱币石坛。

【注释】

[1]盛乐公园的"百亭苑"中的亭台楼阁是仿造全国名胜亭阁建造的,"中华钱币坛"中的钱币是仿造古今不同年代、不同造型的钱币用石材雕刻而成的。

永遇乐·君子津[1]

2006年7月

丽日怡心,清风拂面,独往河口。水卷悠波,树撑翠盖,船正中流走。岸边雕像,子娇怀抱,慈母和柔宽厚。界碑载、仁行义举,摄来并与存就。

昔时洛贾,病卒安葬,其墓金银犹守。桓帝闻之,叹言君子,名号缘斯有。德隆津长,诚期彰显,织造人文絺绣[2]。归途见、新园古色,绕环碧柳。

【注释】

[1]君子津,最早见于郦道元《水经注》卷三。郦道元的《水经注》有不同的版本,其中一个版本是这样记载的:"定襄郡,汉高帝六年置,王莽之得降也。桐过县,王莽更名椅桐者也。河水于二县之间,济有君子之名。皇魏桓帝十一年,西幸榆中,东行代地。洛阳大贾赍金货随帝后行,夜迷失道,往投津长,曰子封,送之渡河。贾人卒死,津长埋之。其子寻父丧,发冢举尸,资囊一无所损。其子悉以金与之,津长不受。事闻于帝,帝曰"君子也"。即名其津为君子济……"

[2]絺(chī):细葛布。绣:用丝线等在绸和布上缀成花纹或文字。

宴清都·蟠龙旗杆 [1]

2011年6月

历久凌空伫,携琴意、把韶光喜回溯。元年同治诞世,蟠龙日华临暑。争观涌动人潮,鼓乐奏、欢歌劲舞。史永志、匠技非凡,筹资策造功著。

沧桑巨变延今,由荣及乱,终见风煦。偕民享泰,闻名塞外,入遗珍谱[2]。赢来宾客嗟赞,铸艺巧、诗联雅古。八骏奔、径向鹏程,腾如众庶。

【注释】

[1] 矗立在河口的一对蟠龙旗杆,铸造于1862年(同治元年),高三丈六尺五寸,表示一年365天。旗杆下部有一副对联:"海晏河清咸灵著绩,风调雨顺亿兆蒙休。"旗杆上部方斗上分别铸着王之涣的《登鹳雀楼》和王维的《竹里馆》。底座上铸有八骏马、暗八仙以及琴棋书画图案。2003年4月,呼和浩特市政府正式将河口的一对铸铁蟠龙旗杆确定为市级重点保护文物。

[2] 遗珍谱:载史上遗留下来珍品的名册。

水龙吟·溯河口镇 [1]

2011年7月

当年水陆繁华,码头街巷声喧沸。南来北往,贾商云集,车船相汇。肇自辽金,乾嘉臻盛,渡环佳气。碱盐官府准,此间转运,置为镇,当无愧。

慨叹河尝滋事,共兴修、复荣宽慰。茶楼酒铺,宾朋相聚,融融联袂。

万户家园，百年兴旺，渐趋凋敝。建新村，眷眷情怀忆旧，汲其精粹。

【注释】

[1] 今托克托县双河镇河口村，曾为黄河上中游分界点的水旱名埠、商业重镇。河口地处水陆要冲，辽金时就是货物集散地。1736年（乾隆元年），官府批准河口可囤积转运盐碱。1807年（嘉庆十二年），河口正式命名为镇。河口码头北通蒙古国，南联晋陕，东接察哈尔直达京津，西运宁夏乃至新疆。河面商船林立，货如山积，人烟稠密，百业兴隆，是归化（今呼和浩特）地区第二商埠。1850年（道光三十年）黄河决口，镇子曾被淹。恢复重建，三年气象如故。河口镇的繁荣一直延续到1908年（光绪末年）。史上最繁华时期，河口镇居民达五万余人。民国之后，古镇开始衰败。1938年10月，托克托日伪县政府成立，将原来全县五个区下属的四镇（包括河口镇）一百一十九乡改为一镇（托城镇）十乡，河口镇从此变成了河口村。

渔家傲·思乡

2011年9月28日

近日心潮如浪起，文思直涌家乡地。恍有灵光流若水。情怀内，怕将潋滟皆冲碎。

夜半曾经人不寐，悠然细品榆钱味。总是醇香焉能避？佳节里，诗为赠礼乡情贵。

莺啼序·恋乡曲

2012 年 5 月

春风唤呼美意,为文心开道。佳节里、无尽情思,总牵满院花笑。星空邃、凝眸伫望,银光闪烁灼灼耀。忆家园、一树芳香,何来烦恼?

杨柳环周,垂柔拔秀,令院嘉景好。拓新路、披斩荆榛,直迎山岭危峭。念亲人、自多好梦,瓜果盛、欣然相告。大道行、锦绣前程,务须功到。

身临胜境,满目生机,喜鹊喳喳叫。红绿漫、岂可迷醉?一世铭记,草木情深,日晖难报。松杨碧翠,荷莲洁雅,江河湖海凭鱼跃。信人间、德义以诚造。真金岁月,焉能轻易消磨,趣似岸边垂钓。

常怀故垒,学燕翔空,弃安虚浮躁。旷野美、家和邻好。暖意融融,纵在天涯,意中盘绕。勤心勿止,持恒争上,瞻观广宇胸开阔,重修身、可持矜傲。恋乡自乃由衷,思赏风光,倍欢夕照。

钗头凤·幸福家园

2012 年 8 月

田园靓,牛羊壮,马嘶鸡叫人欢畅。天空阔,云慵惰。远山宁静,日光灼烁。乐!乐!乐!

舟船荡,河波漾,入居福地心花放。邻欢贺,意清澈。无须详问,目光答过。默!默!默!

行香子·湖韵

——秋赏神泉生态旅游景区湖景

2014 年 10 月 10 日

秋水澄明,舟荡漪沦。昭生机,闪耀波鄰。菊花满目,与苇相亲。问姿何丽,容何艳,客何欣?

只缘风静,衣裙不乱,自无埃,笑语声真。长昭美景,总是延循。喜湖中韵,韵中趣,趣中人。

君子津赋

2010 年 6 月

天宇澄明[1]万里,风和云淡;人文阜盛[2]一方,意永魂延[3]。浪涛滚滚,古津已杳[4];仁义昭昭,故事犹传。其楼崛起,形彰典雅;兹境洞开[5],景蕴幽娟。背倚山梁,颜呈古色。雄临河岸,靓展飞檐。

孟夏之际,登楼巅而瞻望;兴致所牵,赏景色而流连。欣观绘画,神游古渡;览阅联文,心骛[6]当年。

尝有洛人富贾[7],紧从桓帝幸游。赍[8]货夜投津长,迷途急上渡舟。不意[9]疾生倏[10]重,猝然病死长休。津长埋尸,资囊[11]尽葬;商子发家,金物咸留。悉赠其金,不受其酬。帝闻即叹"君子",此赞远扬风流。[12]

沧海桑田[13],不朽煌煌[14]德义;星移斗转[15],永飘郁郁芳馨。故址众说纷纭[16],文人争辩;义行故事敷演[17],黎庶[18]敬钦。若不心怀仰慕,

31

自无往事述陈；但[19]缘感动，方探底根。

夫山川犹在，人事已迁。与时俱进，阔步而前。力兴文化，勤建家园。游人络绎，宾客赏观。游"君子津"，慕其留名百世；想"仁德事"，嗟其享誉千年。俯瞰长河壮阔，殷期大道舒宽。绘就农村画卷，写出时代诗篇！莫道见钱开眼，不乏助困解难。巨合滩前，见证动人一幕；大桥柱上，留存感慨万千。[20]

犹记生命垂危，激起仁心施救；当知波涛正猛，卷来威势惊魂。时不我待，水将淹人。勇向急流宣战，挽危尽力；齐同猛浪争夺，脱险惊心。诚羡千秋津渡，长留一地慈仁。养育中华儿女，黄河伟大；泽恩生命精灵，黑土朴纯。

开怀仰望，蓝天湛湛；信步俯察，碧草青青。激荡长河，层层波浪；吹拂幼树，细细清风。大漠乖伏静卧，闲云幻化奇生。充溢船间，声声笑语；荡飘河畔，阵阵歌声。歌携美愿，笑蕴真诚。

昔日河中，划船茹[21]苦含辛；今朝岸上，种地开心圆梦。近观餐馆，鱼池锦鲤跃翻；远眺田园，农户机车启动。自古分摊"赋税"，务农皆怨重苛；而今恤[22]助农民，稼穑[23]俱行补赠。欣逢修世，图强致富；喜上鹏程，奋翼翔空。齐心大计，和谐共建；携手多方，经济同荣。向未来而兴绿色，崇正义以褒善行。尊科学以谋发展，享成果而重民生。此民之福，而国之幸也！[24]

【注释】

[1] 澄（chéng）明：清澈明洁。

[2] 阜（fù）盛：丰盛，兴盛。

[3] 意永魂延：意韵深长，精神延续。

[4] 古津已杳（yǎo）：古津，指君子津；杳，无影无声。

[5] 兹境洞开：这个地方（向人们）敞开。

[6] 骛（wù）：乱跑，奔驰。

[7] 贾（gǔ）：做买卖的人。

[8] 赍（jī）：携带。

[9] 不意：没有意料到。

[10] 倏（shū）：极快地，时间短暂。

[11] 资囊：钱袋，指钱财。

[12] 见本书《永遇乐·君子津》注释。

[13] 沧海桑田：其原意是指海洋会变为陆地，陆地会变为海洋，变化的主要原因是地壳的变化和海平面的升降。比喻自然界或世事变化很大，也说桑田沧海，略称沧桑。

[14] 煌煌：明亮辉耀貌，光彩夺目貌。

[15] 星移斗转：星斗变动位置，指季节或时间的变化。

[16] 纷纭：杂乱。

[17] 敷演：以一定的材料或事实作为依据，充分发挥作者叙事想象力和语言表达能力的文学创造，简单地说，就是把简单的故事梗概编成精彩的篇幅较长的故事。

[18] 黎庶：百姓。黎，黎民，起初指奴隶社会中身份为奴隶的劳动者，后来指平民大众。庶，百姓，起初是指奴隶社会中的自由人。再后来黎庶地位平等。

[19] 但：只。

[20] 2009年8月26日，有十数人沉船，营救沉船人员的场面和事迹令人感动，尤其是几位船工的表现更为感人，与君子津的故事遥相呼应，见证了黄河船工重义轻财和搏风击浪、勇于救人的可贵精神。

[21] 茹（rú）：吃，引申为忍受。

[22] 恤（xù）：救济。

[23] 稼穑（jiàsè）：种植与收割，泛指农业劳动。

托中赋

2011 年 6 月

1993 年调入托中，承光沐露，永志难忘。欣逢建校 60 周年，凝情索韵，谨以致贺。

时逢甲午，序属仲秋。天宇开怀致意，学园绽笑回眸。得黄河之滋养，宝地灵明；经校址之移迁，精魂依旧。枝秀花琪[1]，若绽笑之秋菊；根深叶茂，似垂绦之夏柳。培桃育李，学子欢欣；溢彩流光，鹏程锦绣。

溯廿纪中期，恰公元五四。署府牒传，托城喜溢。兴教育以换新颜，建中学而择佳地。一流质量，本在其时；两苦精神，源于此际。受命之先驱，披星戴月；施工之巧匠，乐苦甘辛。盼序期庠，炽情似火；攻书施教，宏志如金。学子源于三县，共沐春日之光辉；园丁来自八方，皆钦黄河之气韵。室虽简陋，无碍情钟；人俱勤劬，有求业进。曾赴群英盛会[2]，甚是不凡；常思百姓口碑，深得众信。一如展翅雏鹰，乘风翔宇；又似奋蹄骏马，夺路趋前。老校友怀思者，指南湖而感叹；今波光荡漾之，迎东面以恭谦。

忆七十年代，校址徙迁；约四秋光阴，足痕璀璨。原址地湿屋险，不可缮修；新园豁朗基坚，尽皆嘉赞。继其传统，锐意图强；持以高见，齐心解绊。回顾曾经之乱，虽名更而魂永存；惊嗟阵地之坚，缘道正而步恒健。乘开放之春风，策马飞驰；登改革之鹏路，凝情奋战。遨游学海而怡心，攀越书山以开眼。高考每传捷报，金榜喜人；教研时获好评，春风扑面。

华诞四十，典仪隆盛；时值九四，楼建发端。人皆祝贺，友共赠捐。前程灿烂，似日耀中天；业绩辉煌，如星明上界。学科竞赛，屡获奖牌；军事练操，每为谐燮[3]。既大楼于平地方崛，正金榜将状元[4]再列。南开复旦，遴择非是极缘；北大清华，录取几于每届。桃李之花，香飘遐迩；梓楠[5]之苑，誉满周边。师资雄厚，学业精尖。异地生源，源源不断；诸门功课，课课俱全。文化活动，多姿多彩；校际往来，重义重缘。何我心之欢畅兮？以其韵之悠绵。云蒸蒸而霞蔚兮，路漫漫而景妍。

星移斗转，燕舞莺歌。国强民富，世泰人和。新纪风来仪也，云中跨越；杏坛[6]花褪色乎？品位升格。新增设备，电教趋强；频起宇楼，目标向远。以人为本，励志以修德；因势导行，扬长而避短。选中目标，重实效而推教研；更新理念，出论集以汇经验。素质综合评价，才华正确衡权。铸范定则，利于比武；架桥构栈，供以争先。搭展艺台，益彼特长者；拓成才道，正其世界观。踏道行来，风光无限；回头望去，志趣有添。校刊《黄河浪》，应运而生；盛誉一等名，催人奋进。撰文参赛，火速笔锋；挂匾膺荣，冰纯心韵。[7]

再迁新址[8]，持规模之浩大；既赏雄姿，感气势之恢宏。大道宽铺，呈一方雅秀；高楼巍立，迎四面葱茏。环境清幽，全赖精心美化；设施完善，自需尽智筹谋。以鸿鹄之浩志，兴名校之佳风。痴心凝作赤心，此心有益；压力化成动力，其力无穷。

观发展史，功丰誉满；看里程碑，任重道长。举目望之，穹天坦荡；骋怀思也，愿景辉煌。嗟夫！岁月峥嵘，六秩芳园放彩；人文璀璨，百年硕果飘香。

【注释】

[1] 琪：意为如仙境中的花一般，其美如玉。

[2] 群英盛会：1960年托一中被评为县、盟、自治区三级"文教群英会先进集体"。

[3] 燮（xiè）：谐和。

[4] 状元：1981年应届毕业生杜若明在高考中获内蒙古自治区高考文科状元，考入北京大学；1996年应届毕业生张志君在高考中获内蒙古自治区高考理科状元，考入清华大学。

[5] 梓楠：梓（zǐ）楠，梓和楠，都是树木，材质好，借指良木、栋梁。

[6] 杏坛：相传为孔子聚徒授业讲学之处，泛指授徒讲学的地方，借指教育。

[7] 托一中2004年创办的校刊《黄河浪》，于2006年12月参加"首届全国中小学校报校刊评比"荣获最佳校刊一等奖。2007年6月，文学社选送162篇稿件参加"第二届全国青少年冰心文学大赛"，有10篇获奖。学校因此被确定为"全国青少年冰心文学大赛文学创作基地"。

[8] 1954年，乌兰察布盟公署（当时托克托县的上级行政区）和内蒙古教育厅决定在托克托县建立一所地区初级中学，招收托克托县、和林格尔县、清水河县的学生。校址在托城南端、河口以北张二八窑村西（现在的南湖公园东侧），当时称为托克托县中学。1960年托克托县第二中学成立后，改为托克托县第一中学。1966年8月，改为"红卫中学"，同年11月23日改为"韩桐中学"。1971年迁于今托克托县第三中学校址。1986年托县新二中成立，托中随之又改为托一中。2007年8月16日，托克托县第一中学举行迁址揭牌仪式，学校新址为原托克托县高级职业中学校址。托一中初中部撤销，设为托克托县第三中学，校址为迁址前的托一中校址。自此，托克托县第一中学成为普通高级中学。

托中愿景赋

2014 年 8 月 5 日

甲午春风，欣催骏马，圃园翠木，靓饰风光。六秋回眸，慕黄河之浩荡；一朝畅想，思愿景之辉煌。

置身校院——原其环境清幽，光流彩溢；放眼未来——醉彼人文灿烂，馨满芬芳。育桃李而倾情矣，栋梁挺挺；望通衢[1]而昂首也，楼宇堂堂。有雄姿峻峻，胜气昌昌[2]。似朝阳熠熠，喷洒霞光万道；恍如细雨绵绵，润泽沃土一方。

夫真抓实干，乐苦拼忙。于是规划今朝，无矫无揉，上对前贤无愧；筹谋明日，有纲有目，下传后继有章。重优良传统，精魂不朽；呈劲健风格，筋骨永强。创新拓路，求精思变；跃马挥鞭，补短扬长。

缘凝聚人心，常昭畅悦；故彰明主旨，远弃彷徨。"六好""一争"，目标远大；"三精""三苦"[3]意韵悠长。教研评比，推出精品；课改考核，铸就良方。教案从优，资源共享；推门听课，学术互帮。搭就平台，名师展艺；促成绝技，专业争强。且探且行，撷取培优成果；不折不扣，赢得育秀荣光。

日大师皆乐教，遵循德范；生俱勤学，陶醉书香。钦尚文明，文化蕴涵深厚；尊崇仪礼，仪容特质端庄。德才体美劳，培养规则严谨；义信仁廉孝，潜移律韵铿锵。故前清风激荡，正气弘扬。众咸敬业，人尽爱岗。芝兰[4]桃李飘香！

尔乃杏坛赫赫，校舍煌煌。大楼蔚起，凝神目望；阔步前行，奏曲歌扬。迎来庆诞，亦子欣欣归聚；奉上真情，校园眷眷言彰。气爽天高，秋空如碧；风和日暖，操场若洋。赏看"敢当"[5]刻字，争为踊跃；仰观"至圣"[6]尊容，

尽以昂扬。身影五洲遍布，才学四海闪光。抑或提升自我，虔诚奉献家乡。

噫吁嚱[7]！雄基奠定，厦高底厚；大道铺成，步健行长。地得山水之泽，钟其灵气；人鉴[8]贤达之志，效[9]彼热肠。曾建丰功，已存青简[10]；更图盛业，重写华章！

【注释】

[1] 通衢（qú）：四通八达的道路，宽敞平坦的道路。

[2] 昌昌：繁多。

[3] "六好"：好班子，好制度，好教师，好方法，好学生，好学校。"一争"：争创自治区示范高中。"三精"：精干管理团队，精细管理制度，精品管理成果。"三苦"：干部苦干、教师苦教，学生苦学。

[4] 芝兰：芝，兰，香草。古时比喻君子德操之美或友情、环境的美好等。也比喻优秀的子弟。

[5] "敢当"：1981届高（1）（2）班毕业生赠送的巨石上，刻有"敢当"二字。

[6] "至圣"：即"至圣先师"，指孔子。1981届高（5）（6）班毕业生捐赠学校一尊汉白玉孔子雕像。

[7] 噫吁嚱（yī yù xì）：表示惊异或慨叹。

[8] 鉴：本义镜子，这里做动词用，明察的意思。

[9] 效：效仿，学习。

[10] 青简：竹简，古代用以书写的狭长竹片，借指青史、史书。

托民中建校四十周年[1]赋

2015年5月3日

　　时维乙未，序属仲秋。校迎四秩，溯源忆往；友聚一堂，献策出谋。回顾峥嵘岁月，师生共勉；纵观宽广途程，梦想相俦。

　　古云中燕舞莺歌，黄河畔花团锦簇。民族教苑，艳绽奇葩；托县邑庠，荣昭丽树。欣欣四季芳园，培英誉满八方；焕焕百年大计，启智书香一路。

　　建校之初，人心振奋，茹苦何嫌室陋；征程之上，众志凝结，怀诚自赖情真。埋头创业，携手图新。恰开放春风拂面，得改革惠雨怡心。蒙古语课程内加授，人才观实践中谨循。坚秉民族特色，笃行教育方针。德智体全程培养，爱仁诚炽意躬亲。

　　且夫用心专注，教学有序；举步坚实，管理从严。日常工作遵规，光阴不废；历届学生应考，成绩斐然。深造为书生美愿，勤读令师长欣欢。潜心进取，时时励志；着力教研，步步争先。治校务实，蓝图美好；育人抓本，规策周全。师以丹心，化为关爱，排忧解惑；生将锐气，凝就风华，夺隘冲关。挥汗耕耘，喜获教书硕果；勤身浇灌，昭呈毓秀佳园。叶茂枝繁，梓楠葱郁；质优形美，梁栋刚坚。

　　漫步学园，沐丽日之和柔；悠观校景，感清风之暖煦。看条条跑道，将操场圆围，平坦回环；望座座大楼，以雄姿展现，峻拔挺立。列列橱窗，充盈文化气息；排排秀木，涵蕴青春生趣。东墙校训校规，西壁名人名句。亮写明题，悦目赏心；潜移默化，春风澍雨。

　　回眸四秩征程，目标向远；喜看一方热土，桃李飘香。弘扬传统，贵以人文积淀；憧憬明天，甘于责任担当。十九个少数民族，和谐亲密；

"三三一"课堂模式[2]，严谨周详。兴教育之改革，完善常规管理；重师资之培训，开发高效课堂。走出请进，求精除弊；送往迎来，补短扬长。踏道前行，勤铺新路；集思广益，苦探良方。常瞻远景，不辱光荣使命；勇破难题，再书灿烂华章。有诗赞曰：

民族教育绽奇葩，溢彩芝兰众口嘉。

蕾放云中承玉露，果香塞上耀金霞。

园丁喜灌新苗壮，学子勤汲茂树拔。

前路蜿蜒齐奋勉，双河泽润展风华。

【注释】

[1] 托克托县民族中学于1975年建校，当年招收4个初中班，171名学生，2015年有教学班56个（高中32个，初中24个），学生3200多名。

[2] "三三一"课堂模式：第一个"三"指自主学习三大模块——"学、教、练"；第二个"三"是指课堂展示三个环节——预习交流，明确目标；展现查漏，有效讲解；达标测评，巩固提升。"一"是指一个效果，即高效课堂。

托克托赋

2015年5月22日

美哉，居塞外名城呼包鄂间，溢彩流光，欣邻三市；处云中腹地土默川上，钟灵毓秀，倍爱双河。南迎大漠[1]，形昭平蔚；北望阴山，姿曳婀娜。

含情之泥土，殷殷养育一方，自矜坦荡；动魄之波涛，滚滚奔流万里，不屑蹉跎。四时之轮转兮，种粒多播春夏；百鸟之翔鸣兮，邑人[2]尤爱天鹅。

沐东风之浩浩，昭生气之勃勃！田禾争旺兮，娇姿落落；特产秉优兮，美韵灼灼。茴香盈溢芬芳兮，辣椒香兼浅辣；绿豆富含营养兮，枸杞贵以亮泽。商贾如如[3]而至也，慕红萝卜功效呈奇，质佳而用广；宾朋眷眷以撷焉，怜紫葡萄珍珠放彩，皮薄且糖多。看枝繁果硕，醉燕舞莺歌。

叹人文之独特兮，感意韵之幽娟。县境之三区域[4]方言小异，戏曲之二人台晋剧广传。土语多源晋北陕北而演变，风俗概自汉蒙回满而融联。漫瀚调兮声洪曲畅，唢呐声兮律婉韵欢。双墙秧歌绝妙，九曲灯展悠然。广宁寺跳舞祭仪曾盛，黑水泉寿阳鼓谱恒延。民间艺人似星光之熠耀，演绎情怀如烈火之熊燃。博物馆藏贮遗珍兮，惠及当代；书画院弘扬国粹兮，泽被少年。云中酒业神驰文化，乌兰牧骑艺领剧坛。《托克托报》多呈经政，图文并茂；《云中文苑》侧重文学，今古相牵。更有元宵节、消夏节、民间庙会、黄河文化旅游节，异彩纷呈，笙歌不断；车来人往，笑语声喧。

嗟文明之悠久兮，阅历史之宛延。夙有耕民，艰辛垦地；曾出名将，智勇守边。海生不浪[5]之彩陶石器，见证先民于此劳作生息，已五六千载矣；古城村西之断壁土围，彰呈故址于斯城发肇始，概廿百四年焉。鹄翔经日，厥下生光，赵武侯心悦而惊嗟，筑城择定，牒言[6]甚美；兵乱连年，其时受困，武灵王胡服以骑射，决意改革，气度不凡。战国辟郡[7]，秦汉承前。其间孟舒披甲，魏尚挥鞭[8]。曹魏之治边也，领民而徙；拓跋之兴代焉，建都以迁。[9]览乎史籍：张扬[10]仁性，秦秀[11]直言；独孤如愿[12]擅以克敌，尊德重义；司马子如[13]勇于改过，扬善惩奸。隋唐五代，尝置万寿戍、都护府矣；辽金元明，渐有东胜州、东胜卫焉。[14]青史永志：启民可汗[15]获助而知恩，和衷共济；忠顺夫人[16]掌兵以主政，保塞相安。清代之设厅，政从归化；民国之称县，区属绥南。既和平解放，曾先后隶属绥西、和、包、萨、集宁专署矣；当区省并合，复经历划归平地泉、乌盟、呼市管辖焉。[17]

回眸近代史,惨被烟毒匪祸;纵目新中国,长迎舜日尧天。

桑田沧海,意永魂延。往古之时,游牧族逐丰草而旺畜,历风尘而茹苦;农耕人傍长河而兴业,披霜露而生寒。故以皮粮交换,促文化交流,廓开眼界;因商贸互通,俾牧农互补,启敞心关。昭君大义深明兮,和亲出塞,勋高墓显;脱脱杰才广用兮,驻牧安疆,业著名传。多部落于此地争夺而对抗,生存之需要;各民族在其间征战且融合,发展之必然。

思情究理,追本溯源,倍感时愈淹而意愈永,德愈美而行愈端。赞信歌诚兮,彰船工之懿范,本于君子津之故事;修容复势兮,展城阙之风华,源自东胜卫之墉[18]垣。河口尝为水旱码头,商贾云集,车船汇聚,多秋阜盛,自日寇魔蹄蹂躏,更兼京绥铁路取代,津渡渐趋衰落;荒城既作防攻卫所,居民移徙,众庶远离,一度凄清,从康乾放垦施行,且有蒙汉户民分治,村庄大有增衍。

世易而时移,遗风焕焕;春来而冬去,振羽翩翩。崇德尚武,义和拳曾令洋教闻风丧胆;培俊育才[19],梓楠苑既传美名享誉开颜。刘兆瑞留学日本,欣入同盟会;吴子琴打擂南京,巧施太祖拳。杨令德办报创刊,名扬绥远;武达平救亡抗日,气壮阴山。李若愚敢斗苍龙兮,献身革命,精神不朽;苏谦益勇挑重任兮,满腹经纶,正气常环。[20]英才济济,碧血涟涟。篇难尽述,魂永相延。

景慕精英兮,长存浩志;谋求骏业兮,勇破雄关。碑彰先烈,传颂英贤。[21]承传统、尊师而重教,望明天、拓路以争先。育出高考全区文理状元[22],膺荣而挺进;打造新型文化旅游大县,纵马以加鞭。育栋培梁兮,广开智慧;图强奋志兮,不畏劬艰。多民族睦处兮,蒙为主体,汉为多数;中国梦同追兮,勤做基石,苦做行船。

夫今之托克托,大唐托电前行望远,工业园区后续攻坚。农村之多新貌兮，如花绽蕾；城乡之一体化兮，似水兴澜。中小城市全国评价，居百强之中段；县域经济科学发展，列两项于其间[23]。工农业观光旅游，拓成亮点；现代化蔬菜基地，辟就芳园。规模养殖健进，动物防疫争前。一带两区[24]绮丽，五筹三链[25]光鲜。乡路村路以水泥道相贯，县道省道并高速路纵穿。黄河岸畔，鱼池美雅；生态旅游，景韵幽娴。鲫鲤鲶鲢为伴兮，神泉沙漠结缘。一溜湾为此而活跃，农家院因之而欣欢。游客爽心悦目，相机捕景留妍。

县辖五镇[26]，优势各持；治属双河，新容靓现。五申种养势盛，草业大兴，驰名枸杞东南亚畅销；古城耕稼路长，葵花远售，载誉西瓜呼冀京频见。新营子位优道畅兮，物流促其贸商，立于经济前沿；伍什家地广滩宽兮，黄米驰名遐迩，谋以蛋鸭发展。拥黄河与黑河之双河镇，水旺田肥；兴红紫白黄绿之五彩农[27]，云蒸霞艳。

观夫县城——大道宽铺，交通有畅；高楼林立，风采无边。街景迷人，颇多雅致；公园蕴美，甚适休闲。日晷[28]模型，呈于三岔路口；托王雕塑，矗于八根柱前。城圐圙之新姿，堪同玫瑰芳园媲美；文昌阁之古韵，欲与南湖丽水争妍。晨曦初露，坦平广场人流络绎；夜色既临，开阔大街灯火斑斓。跳舞以健身兮，神思活跃；唱歌以抒意兮，气韵悠恬。体育场比赛，喜看健儿竞勇；文化宫演出，赏观仙女下凡。车水马龙，熙攘昭呈阜盛；铺林商海，玲琅彰显荣繁。翠木青石，容姿俱美；新区旧域，众庶同欢。

嗟乎！唯谨循宗旨，方可使民乐业；必勇拓未来，始得顺世趋前。钦羡才杰兮，虔心开路；深铭历史兮，戮力挖潜。学先驱以立志兮，勤灌田园，倍爱云霞，大兴绿色；惠后世而造福兮，洵珍草树，根除霾雾，恭对蓝天。锐意改革，精心筹划；倾情愿景，奋力登攀。诚信厚德，齐奔文明富裕小康路；创新和谐，共建生态宜居美家园！

【注释】

[1] 大漠：指库布齐沙漠。

[2] 邑人：同乡人。

[3] 如如：此处意为络绎不绝。

[4] 三区域：20世纪50年代，曾有著名语言工作者把托克托县境汉语方言大致分为三个区域。

[5] 海生不浪：亦称"海生不拉"，为蒙语音译村名，意为"奇妙、罕见的泉水"。20世纪60年代发现海生不浪遗址以后，内蒙古中南地域出土的遗址，统称为海生不浪文化。海生不浪文化与新石器时代的仰韶文化相近，距今已有五六千年。

[6] 牒言：书籍中说的。牒：书籍，簿册。

[7] 战国辟郡：赵武灵王胡服骑射后，击败楼烦、林胡等少数民族，消灭中山国，置军戍守，实行民族和睦政策，巩固了北方边疆，设置了云中、雁门、代三郡。

[8] 孟舒披甲，魏尚挥鞭：孟舒和魏尚都是汉代人，都担任过云中太守，且都曾因故而被免职，后来又都在关键时刻被人推荐，官复原职。二人都非常爱将士，也善指挥。

[9] 曹魏治边，领民而徙；拓跋兴代，建都以迁：三国时期曹魏政权为解决边境隐患，实施了边界移民政策，将云中等地的汉兵和汉民逐渐移到长城以南，基本上放弃了长城以北地区，拓跋鲜卑族遂在此地逐步发展起来，先建代国后建北魏。北魏先定都盛乐（今和林格尔县土城子，一说今托克托县云中城），后迁到平城（今大同市）。

[10] 张扬：东汉后期云中人。他出身于寒门，生逢乱世，年少时习武练功，后凭英武远近闻名。吕布兵败，被曹操缢死。张杨被部将杨丑所杀。张杨处在

乱世，虽武勇，但性柔。

[11] 秦秀：西晋新兴云中人，祖籍古云中。她的父亲秦朗，是三国时魏国的骁骑将军，严守法规，耿介正直，不怕权贵，对皇帝的亲友，他也无所顾忌。

[12] 独孤如愿：即独孤信。北魏云中人。周孝闵帝登位，独孤信为大宗伯，进封为卫国公，封邑万户。晋公宇文护专政，杀了赵贵，因独孤信同谋先免职，后欲杀之，但因独孤信名高望重，不便公开处死，逼令自杀。时年55岁。

[13] 司马子如：字遵业，北魏云中人。性格豪爽，不拘小节。他管理财务账簿，公开受贿，不避嫌疑，但能惩恶扬善，官吏畏服，政声卓著。

[14] 万寿戍、都护府：启民可汗移居云中故城后，因避杨忠（隋文帝杨坚父）讳，改云中为云内，置万寿戍；唐代曾置云中都护府。东胜州、东胜卫：东胜州，宋辽对峙时，辽国在今托克托县设东胜州，治所在今托克托县城的大荒城（东胜州城遗址）；明代又在大荒城修筑东胜卫城。

[15] 启民可汗：东突厥可汗，名染干，也称突利可汗，云内州金河人。他是历史上较开明的大汗，同隋朝文、炀二帝的关系处理得非常好，为民族团结和安定人民生活做出了贡献。

[16] 忠顺夫人：即三娘子。"忠顺夫人"为明廷所封。瓦剌奇喇古特部落与阿拉坦汗（也称俺答汗）联姻，三娘子嫁给了阿拉坦汗，成为王妃。三娘子掌兵主政期间，为明朝守边保塞，蒙汉边境相安无事，共享和平生活。

[17] 托克托县1949年和平解放，先后隶属绥西、绥南、和林、包头、萨县、集宁行政专员公署；1954年绥远省并入内蒙古自治区后，属平地泉人民政府管辖；1958年划归乌兰察布盟；1970年划入呼和浩特市。

[18] 墉（yōng）：城墙，高墙。

[19] 培俊育才：刘琳和曹富是对托克托县教育做出突出贡献的先师。刘琳曾任河口镇育才小学校长，后任托克托县立第一小学校长。曹富接任县立一小

校长，曾在一小教室过道门青砖上题写过"培植俊彦"四个字。

[20] "……刘兆瑞"一句：刘兆瑞与吴子琴（吴桐）、杨令德、武达平、李若愚（李裕智）、苏谦益都是托克托县人，他们大都在民国初年上过托克托县的县办小学。

[21] 碑彰先烈，传颂英贤：托克托县县城南面的土梁头上建有李裕智烈士纪念碑，古城镇（原永圣域乡）珠斯郎村建有张喜云先烈纪念碑。已出版的托县英贤传记有《李裕智传》《苏谦益传》《传奇卒头张喜云》。

[22] 高考全区文理状元：在全国高考中，1981年自治区文科状元和1996年自治区理科状元，均为托克托县第一中学的应届高中毕业生。

[23] 列两项于其间：2014年全国中小城市科学发展评价，托克托县位列全国最具投资潜力中小城市百强县47位和全国中小城市综合实力百强县57位。

[24] 一带两区：沿黄休闲观光经济带和现代农业示范区、循环经济示范区。

[25] 五筹三链：五筹指统筹文化旅游、现代农业、休闲观光、产城融合和生态文明等五个方面。三链，一是指渔业养殖、垂钓、渔家乐、渔产品加工产业链；二是指种植、采摘、观光、葡萄酒加工产业链；三是蔬菜果品种植、采摘、休闲观光产业链。

[26] 五镇：2007年，托克托县合乡并镇，由原来的三镇八乡改为五镇，即双河镇、古城镇、伍什家镇、新营子镇、五申镇。

[27] 红紫白黄绿之五彩农：农，指农业；红与紫指果树与葡萄种植；白指奶牛养殖；黄指以玉米为主的粮食种植；绿指蔬菜种植。

[28] 日晷：这里指清光绪二十三年托城出土的汉代日晷。日晷是利用太阳投射的影子来测定时刻的装置，又称"日规"。

祖国娇

雨中游水涛沟[1]

2006年7月2日

瀑水高悬乐自流,苍松碧柳满山沟。
木桥石路绵绵雨,伴我听涛尽兴游。

【注释】

[1] 水涛沟,位于山西绵山后山,全长15公里,有古树、怪石、山花与长年流淌不息的溪水,经过人工塑造的动物、人物典故和几十处大小不一的瀑布群、水帘洞,以及星星点点的茶楼、酒肆、木屋、藤桥、石桌凳,构成了秀比江南的自然风光。

游中州感怀

2006年8月

景优史远令心欢,意蕴绵长似涌泉。
倘若时光堪反转,此中圆梦必怡然。

游黄河中原风景区

2006年8月3日

华夏文明久,黄河气势宏。

鸿沟[1]铭楚汉,故地换颜容。

舜禹萦心上,炎黄渗血中。

游观初览际,我自慕豪雄。

【注释】

[1]鸿沟是中国古代最早沟通黄河和淮河的人工运河,位于古代荥阳成皋一带(今河南省郑州荥阳)。公元前360年(东周显王姬扁九年)开始兴建。修成后,经过秦代、汉代、魏、晋、南北朝,一直是黄淮间中原地区主要水运交通线路之一。西汉时期又称狼汤渠。鸿沟北临万里黄河,西依邙山,东连大平原,南接中岳嵩山,是历代兵家必争的古战场。在楚汉相争时,商定"鸿沟和约",划鸿沟为界("楚河汉界"),东面是项羽的楚,西面属刘邦的汉。

迎 奥

2008年7月

百年勇进梦遥长,迎奥蒸蒸[1]兆福祥。

势壮神州燃圣火,心连寰宇写华章。

齐声共唱和平曲,携手同夯友谊墙。

造化罡风[2]萦禹甸[3]，中华凝聚国隆昌。

【注释】

[1] 蒸蒸：这里是兴盛、规模盛大的意思。

[2] 罡（gāng）风：道家称天空极高处的风，现在有时用来指强烈的风，有时也用来形容具有极高道法或具有极高正气的"风"或"气"。

[3] 禹甸：本谓禹所垦辟之地，后因之而称中国为禹甸。

华族咏

2009 年 8 月

迎难勇进对纷纭，历尽沧桑永不分。
疏浚源泉争迅捷，润滋根本向荣欣。
风情尚朴多贤士，志节图强盛典文[1]。
勇拓鹏程兴赤县，和谐共建愈殷勤[2]。

【注释】

[1] 典文：经典。

[2] 殷勤：勤奋。

咏箫笛之乡[1]

2009年10月

和音婉韵随箫笛,飞向山川赞侗乡。

声蕴纯风凝玉露,意融雅曲织春光。

寨中赶坳[1]歌不断,天下驰名誉远扬。

泰世开新宾友叹,古今一脉耀辉煌。

【注释】

[1] 箫笛之乡:地处中国西南部的贵州省玉屏侗(dòng)族自治县,致力于箫笛文化的传承与发展,被中国文化部授予"中国箫笛之乡"称号。玉屏箫笛已有500多年的制作历史,品种从上世纪50年代的一箫一笛,发展到现在的7箫12笛2100多个品种。2006年,玉屏箫笛制作技艺被列为国家非物质文化遗产。

[2] 赶坳:玉屏侗族的一种传统习俗和传统歌会,是侗族青年自古以来结识朋友、谈情说爱、追求婚姻自由的活动形式。赶坳人数多则上万,少则数千。赶坳的日期多在民间节日。赶坳的地点主要分布在镇屏、新店两乡境内。

贺嫦娥二号[1]升天

2010年10月2日

嫦娥梦美宜时进,再向苍穹探月行。

玉殿犹思毋冷落,寒宫岂可不欣迎?

人间屡创高新技,天上方辞寂寞情。

国庆腾身一纵跃,疾飞复上铸神明[2]。

【注释】

[1] 嫦娥二号:即嫦娥二号卫星,也称为"二号星",是嫦娥一号卫星的姐妹星,由长三丙火箭发射。嫦娥二号卫星上搭载的 CCD 相机的分辨率更高,其他探测设备也有所改进,所探测到的有关月球的数据更为翔实。"嫦娥二号"于 2010 年 10 月 1 日 18 时 59 分 57 秒在西昌卫星发射中心成功发射。

[2] 神明:神圣而高超。

上海世博会[1]感怀

2010年11月2日

盛会空前声誉高,深思远虑应新潮。

广联天下谋城美,巧饰园间显国娇。

非是图虚争气派,信为务本向逍遥。

此中熠耀华族智,寰宇交通[2]道义昭。

【注释】

[1] 上海世博会：即第41届世界博览会，于2010年5月1日至10月31日期间在中国上海市举行。此次世博会也是由中国举办的首届世界博览会。上海世博会以"城市，让生活更美好"为主题，总投资达450亿元人民币，创造了世界博览会史上最大规模纪录。同时，超越7000万的参观人数也创下了历届世博之最。

[2] 交通：交互连通。

芙蓉嶂[1]

2011年3月10日

昔往神驰瑰丽岭，登临何惧有荆榛。

林兴郁郁沟中美，岛显幽幽波里新。

戏水佳朋身跃健，挂天陡瀑韵存珍。

历经险乐漂流趣，听取传说更醉人。

【注释】

[1] 芙蓉嶂：位于广东省花都市新华镇以北18公里处，距广州47公里，旅游区面积22平方公里，是一个以山、林、湖、泉景观取胜，具有优美自然景色和神话传说、人文古迹众多的旅游胜地。芙蓉嶂亦名芙蓉山，海拔360米，重峦叠嶂，方圆数十里，山上石头表面烟墨色呈芙蓉花形状，故名。

咏中国高铁

2011 年 4 月

动车[1]疾骋神州小,千里行程岂算遥?
客站融融皆意满,人流滚滚不心焦。
新科领域攻坚劲,高速征途斗困骁。
再树奇勋惊宇宙,大彰风采铸妖娆。

【注释】

[1] 动车:一般指承载运营载荷并自带动力的轨道车辆;但在近现代的动力集中动车组中,动车更接近传统列车中的机车的角色,这类动车一般不承载运营载荷。在中国,时速高达 250 公里以上的列车称为"动车"。

辛亥革命[1]百年祭

2011 年 5 月

铁骨铮铮神鬼惊,竭诚光复建功丰。
先驱革命一朝举,志士开天四海盟。
专制王权灰散灭,共和民愿日蒸升。
历经百载兴华夏,大道宽铺好远征。

【注释】

[1]辛亥革命：是指1911年（清宣统三年）中国爆发的资产阶级民主革命。它推翻清朝的专制统治，挽救民族危亡，争取国家的独立、民主和富强，结束了中国长达两千年之久的君主专制制度，是一次伟大的革命运动。

步云山温泉[1]

2011年7月3日

得天独厚远驰名，峰谷春风染绿葱。

夏至碧湖同宇碧，秋来红叶遍山红。

临池洗浴身多畅，对磨瞻观趣不穷。

避暑休闲游乐地，温馨灵秀溢和融。

【注释】

[1]步云山温泉：在大连，享有"东北第一泉"之美誉。

赞花都[1]汽车产业基地

2011年7月22日

杨帆勇上驭波涛，身手非凡胆气豪。

选准目标开路远，建成基地搭梯牢。

初车造好千车继，主业求精五业操。

环保功深呈绿色,花都放彩誉声高。

【注释】

[1] 花都:民国时期是一个独立的县,称为花县;后来成为县级市,改称花都市;现为广州市北部一个市辖区。汽车产业是花都支柱产业之一。

观广州亚运会[1]有感

2011 年 11 月 13 日

水韵和风迎亚运,羊城热雨润丛林。
健儿奋跃彰风采,观众欢呼昭炽心。
气度宽宏深友谊,人文阜盛阔胸襟。
五星旗耀国歌奏,喜贺夺金墨客吟。

【注释】

[1] 广州亚运会:即第 16 届亚运会,于 2010 年 11 月 12—27 日在广州举行。广州是中国第二个取得亚运会主办权的城市(1990 年北京曾举办第 11 届亚运会)。广州亚运会设 42 项比赛项目,是亚运会历史上比赛项目最多的一届。

咏麻城杜鹃[1]

2011年8月5日

吐艳扬馨净宇空,兰茶亦羡映山红。

峰披绚烂诗情溢,景放幽娟画意生。

誉满寰中昭美韵,宾来海外沐和风。

欣游胜境心花放,细考人文盛赞功。

【注释】

[1] 杜鹃:杜鹃花,别名映山红。湖北省麻城是闻名全国的杜鹃花城,也是著名的"中国映山红第一城"。麻城位于鄂东北、大别山中段南麓,是鄂豫皖三省交界处,处于武汉、郑州、合肥三角经济区域中心。

太行山[1]

2011年8月9日

三晋风流[2]聚太行,山雄水雅美幽藏。

秋高云淡丹枫艳,日丽星明紫气长。

雾罩层峦终短暂,露泽峻岭总清凉。

抗敌豪俊英魂在,世代如花放异香。

【注释】

[1] 太行山:又名五行山、王母山、女娲山,是中国东部地区的重要山脉

和地理分界线,耸于北京、河北、山西、河南之间,北起北京西山,南达豫北黄河北崖,西接山西高原,东临华北平原,绵延400余公里,为山西与河北、河南两省的天然界山。

[2] 风流:指遗风,流风余韵。

灯炉寨瀑布[1]览胜

2012年6月17日

灯炉寨瀑势恢宏,似鼓声声雷紧从。
白练高崖直挂下,银河大谷漫飘中。
山间石造奇奇景,潭里波摇湛湛容。
禽鸟珍稀竹木茂,农家笛韵蕴情浓。

【注释】

[1] 灯炉寨瀑布:位于福建莆田涵江区大洋乡杏山村后的西湾山之巅,主峰海拔788米,因其形似灯炉而得名。景区内瀑奇,石怪,林幽,水秀。素有"闽中黄果树"的灯炉寨瀑布分三处:擂鼓瀑、将军瀑、银河瀑。

"神九"飞天[1]有感

2012年6月30日

神州九号载人船,飞升之际万心牵。
海鹏再上惊星月,洋旺当堪壮宇天。
地面高空相映照,高科美梦可完圆。
英雄虎胆凌云志,凝铸国魂长续延。

【注释】

[1] 神舟九号飞船于2012年6月16日18时从酒泉发射,2012年6月29日10时返回,降落在内蒙古中部。中国人民解放军航天员大队男航天员景海鹏、刘旺和女航天员刘洋组成飞行乘组,与天宫一号目标飞行器进行了载人交会对接。航天员进入天宫一号工作和生活,开展了相关空间科学实验。

通天河森林公园

2013年5月27日

清新雅静腾佳气,绿意深深百鸟栖。
飞瀑泼珠潭溅玉,野花放彩草亲泥。
悠观林木竞葱郁,细看岩石比异奇。
景绣和谐情趣溢,闲来漫步自心怡。

东丽湖[1] 宏图

2013 年 5 月 29 日

胜景幽幽东丽湖，廓开视野铸鸿猷[2]。

投鱼放养优生态，护鸟飞翔美地球。

娱乐医疗泽大众，饮食住宿汇高楼。

招商引凤谋长计，文化兴区雅韵稠。

【注释】

[1] 东丽湖温泉度假旅游区是天津市八大旅游景区和七大自然保护区之一，被市政府确定为滨海新区旅游度假区域，素有"淡水小海洋"之称。

[2] 鸿猷：大业。

赏兴平[1] 荷

2013 年 6 月 20 日

平波兀现芙蕖影，映日接天佳气临。

去病幽观嗟碧翠，玉环伫看品芳馨。

村民细数莲餐美，市长欣夸产业新。

恋恋欢寻如梦里，同行游赏醉河滨。

【注释】

[1] 兴平市：咸阳市下辖，位于关中平原腹地，北依莽山，南临渭水。城东北10公里处有西汉帝王陵墓中规模最大的汉武帝茂陵，茂陵霍去病墓石雕是我国大型石雕艺术中时间最早、保存最为完整的一批优秀文化遗产。城西13公里处的唐杨贵妃墓，有32篇历代文人墨客石刻，具有极高的书法和文学价值。

茶之歌[1]

2008年6月4日

百年奥运荣华夏，千年国饮映虹霞。
茶乡茶道茶文化，五洲四海耀光华。
茶史悠悠传佳话，茶功赫赫众皆夸。
茶艺茶魂融一体，茶情茶韵乐万家。
盈香茶饮悠闲品，说茗论道意无穷。
溯本寻源几多趣，新交故识一往情。
待客悠然展茶具，谈吐自如绽欢容。
敬茶之礼美习俗，清茶盏盏蕴情浓。
挚友相逢茶做伴，志同道合畅所言。
风流儒雅坦诚见，海北天南不忘缘。
联谊以茶彰雅致，谈笑风生歌缠绵。
斟茶细品欣相聚，淡泊远志情永延。
咸知保健茶之效，最是解渴且提神。

利尿养肝兼润肺，泽肤明目促血循。
更喜茶之抑菌力，解暑解毒降体温；
消炎祛痰疗喉痛，止痢止血治头晕。
以茶代酒为雅趣，清茶一碗酒一樽。
醉酒误事胃遭损，品茗厚谊健身心！
茶缘益智灵明显，政以清廉俭约垂。
尚廉崇俭守茶德，秉政为民业生辉！
茶为友礼皆受益，送福献瑞意入微。
深谙茶道情与理，和颜悦色长寿随。
和诚相待茶之韵，共享盛事众庶心。
尊老爱幼天伦乐，施爱于亲推及人。
中华自古和为贵，茶道育人重和仁，
以和为重是为善，以人为本乃为真。
茶艺精微意隽永，整套流程巧且周。
彰显茶性洁与朴，背景氛围烘雅幽。
尝观茶艺心陶醉，念念有词体姿优。
选茗择水配茶具，师傅烹茶数一流。
茶联茶曲歌茶事，茶诗茶文颂茶魂。
古往今来大手笔，咏茶赞茗似弹琴。
更看茶姑采茶舞，纤手染香气氤氲。
歌舞熏得人皆醉，画家笔下焉不存？
源远流长茶文化，张其魅力国粹扬。
国际茶节人瞩目，古国名茶涉远洋。
五环帜下腾祥瑞，迎宾馆里溢芬芳。

福娃圣火爱茶韵,健将嘉宾喜茶香。

我愿茶业千秋盛,恭贺茶饮谱华章。

(获第四届"石生茶叶杯"茶诗茶文大赛佳作奖)

【注释】

[1] 茶文化是在饮茶过程中形成的,包括茶道、茶德、茶精神、茶联、茶书、茶具、茶画、茶学、茶故事、茶艺等等。茶文化起源于中国,中国是茶的故乡。汉族人饮茶,据说始于神农时代,直到现在汉族还有以茶为礼的风俗。有太湖的熏豆茶、苏州的香味茶、湖南的姜盐茶、成都的盖碗茶、台湾的冻顶茶、杭州的龙井茶、福建的乌龙茶等等。

八声甘州·访晋祠[1]

2006 年 7 月

喜亭台檐宇美姿容,复惊碧云连。想立祠之际,雄风雅韵,热土霞天。自乃笙歌鼓乐,激越动情弦。奏凯旌旗耀,苦尽尝欢。

柏巨松苍槐秀,有老枝鲜叶,见证时迁。问千秋古木:今可胜当年?竟相答:风光旖旎,景致佳,众庶乐其间。虽如此,忧心渐重,不老泉难。

【注释】

[1] 晋祠,是为纪念晋国开国诸侯唐叔虞而建。叔虞励精图治,利用晋水,兴修农田水利,大力发展农业,使百姓安居乐业,生活富足,造成日后八百年的风调雨顺、国泰民安,晋地呈现出一派兴旺景象。

叔虞死后，后人为纪念他，在其封地之内选择了这片依山傍水、风景秀丽的地方修建了祠堂供奉他，取名"唐叔虞祠"。叔虞的儿子燮父继位后，因境内有晋水流淌，故将国号"唐"改为"晋"，祠堂随之改名为"晋王祠"，简称"晋祠"。

晋祠位于山西太原市西南悬瓮山麓，是集中国古代祭祀建筑、园林、雕塑、壁画、碑刻艺术为一体的珍贵的历史文化遗产。人云："不到晋祠，枉到太原。"难老泉、侍女像、圣母像被誉为"晋祠三绝"。

西河·汾河公园[1]

2006年7月

佳地盛，风光悦目陶性。园盈美韵益生机，意昭庄重。清波泛绿跃金鱼，凭栏心醉生动。

夜幕降，灯光醒，风柔气爽河净。丛花五彩溢娇鲜，欣观好景。月明星淡柳枝舒，构出暮色仙境。

巨龙水上翘首正，挺长身，犹动还静。远处拱桥明映。对高楼，互衬遥呼，令此三晋姿颜，得钦敬。

【注释】

[1] 太原汾河景区，两岸带状绿化平台上分布着6个景区、4个广场、10个园子，建设了14个各具特点的景观景点。沿汾河西岸建有"晋汾古韵"、"梨园余音"、"五环生辉"广场，分别反映了悠久的三晋历史文脉、戏曲文化和健身场景。沿汾河东岸，有"汾河晚渡"、"雁丘"、"沙滩碧水"、"超越

时空"、"生命之源"、"日台"、"七亭"、"渡口"、"画舫"、"乐坛"等景点。2001年12月28日,这里被国家建设部授予"中国人居环境最佳范例奖"。

莺啼序·中原古都行[1]

2006年8月

尝游洛阳郑汴,醉中原胜景。下车始、人海人山,目收一片繁盛!导者迓、寒暄笑问,从容引领寻捷径。聚餐桌逗乐,欣言共惬游兴。

澎湃黄河,雄宏壮阔,喜波翻浪涌。岸边看、楚汉鸿沟,雾遮苍颜闲静。景炎黄、基隆像巨,溯宗祖、碑丰功重。乐乘船、水上飞驰,河中浮动。

开封衙府,湖水清幽,碧波呈明净。恭造访、顿生歆慕:刚正清廉,震慑奸邪,为民请命。万方礼赞,千秋铭记,秉公执法无私弊,理求真、朝野持恭敬。流芳百载,戏曲唱遍三江,包公除凶驱佞。

少林寺院,生气蓬勃,自有香火应。练拳艺、喝声雷动。华夏八方,学子云集,武风强劲。淘淘乐乐,何辞劬苦,百般招式习不剩。耀神州、旺势人称颂。弘扬精粹真功,共铸辉煌,富国民幸。

【注释】

[1] 此古都指洛阳、郑州、开封等。洛阳是东周、东汉等王朝的都城。郑州的商城是商王朝的都邑。开封古称东京、汴京、汴梁,简称汴,七朝古都(战国魏、五代、北宋)。

满庭芳·赏龟峰山杜鹃花[1]

2007 年 8 月

古雅珍稀，杜鹃十万，饰装峰岭夭夭。遍燃红焰，香逸绕云霄。纵是渊明笔趣，桃源景、难媲妖娆。春光里，老区放彩，花海涌新潮。

潇潇，时雨润，鲜新畅爽，仙界清韶。渐天霁、丰姿愈显多娇。玩赏其间忘返，频嗟叹、辉灿昭昭。人文盛，更兼修世，陶醉步逍遥。

【注释】

[1] 湖北麻城龟峰山的杜鹃花是世界上杜鹃花分布最集中、林分结构最纯、种群面积最大、树龄最古老、保存最完好、景观最壮丽的自然杜鹃群落，堪称世界奇迹。麻城杜鹃甲天下，有"人间四月天，麻城看杜鹃"的说法。

依韵和林芳兵《忆秦娥·嫦娥奔月》

2010 年 10 月 5 日

二号跃，飞升国诞华人悦。华人悦，广寒测探，遨游天界。

嫦娥再上惊明月，宇航战线兴鸿业。兴鸿业，雄风大展，壮举宏烈。

附林芳兵词：

忆秦娥·嫦娥奔月

国心切，嫦娥再上重霄月。重霄月，云川漫步，玉涯攀越。

雄鹰振翅惊长夜，五星展映神宫阙。神宫阙，举国欢庆，燃情激烈！

暗香·博平[1]

2012 年 6 月

坦平空阔，有古风水韵，流光兴物。荟萃人文，巧绘宏图业蓬勃。立足今朝放眼，生态靓，志行高洁。史悠远，毓秀钟灵，仙境映星月。

暇阅，意中惬。喜旖旎清幽，景致奇崛。碧波亮澈，千载长存美情结。无愧先贤气度，大手笔，创新如渴。藉底蕴，宽视野，拓途通达。

【注释】

[1] 山东茌（chí）平县博平镇是全市唯一的"全国综合改革试点镇"，也是全市"十五强乡镇"，是茌平西部经济、文化、交通中心。

/ 祖国娇

水调歌头·关门山生态园[1]

2012 年 7 月 20 日

星叶造瑰丽,园景比仙宫。溪流峰岭,总把幽与澈交融。品味夭夭林韵,陶醉浓浓诗意,艳彩入眸中。生态宝珍地,四季绽芳容。

春飘香,夏流翠,雪冬蒙。云轻宇湛,尽兴秋日赏娇枫。试问千堆篝火,处处燃情何故?山水喜丹红。呵护谁不赞?境美乐无穷。

【注释】

[1] 关门山生态园位于辽宁省本溪县东南部,距本溪 65 公里,与国家级关门山森林公园毗邻,森林覆盖率 98.2%,植被保存完好,有龙潭石河、红河谷和百木园三大景区。各景区林荫密布,百藤缠绕,山姿奇秀,瀑潭飞溅,景色宜人。

鹧鸪天·时近中元[1]游草原

2012 年 8 月 28 日(农历七月十二)

碧宇金风谱牧歌,白云八月迓姮娥。草原坦荡无边际,铁马金戈故事多。追岁月,不蹉跎。风华载韵舞婆娑。古松亦醉清纯意,美雅心灵悟白蘑。

【注释】

[1] 中元:农历的七月十五日,俗称"鬼节"、"七月半",佛教称为"盂兰盆节"。这天,人们带上祭品,到坟上去祭奠祖先,与清明节上坟相似。

点绛唇·天宫一号[1]

2013年6月

大圣齐天，曾翻王母蟠桃宴。《记》[2]中宫殿，虚境谁人见？

科技争先，将遂瑶池愿。飞星汉，建空间站，负任精心探。

【注释】

[1] 天宫一号：中国第一个目标飞行器和空间实验室，于2011年9月29日21时16分3秒在酒泉卫星发射中心发射。飞行器全长10.4米，最大直径3.35米，由实验舱和资源舱构成。2011年11月3日凌晨实现与神舟八号飞船的对接任务。2012年6月18日下午14时14分与神舟九号对接成功。

[2]《记》：指《西游记》。

华山赋[1]

2010年11月

石耀瑰珍，山昭伟大。势破云霄，根滋华夏。铸此一石险峻，地转演迁[2]；凝其十里[3]秀奇，天行造化[4]。襟秦岭带黄河[5]，拔地巍峨；望长安接中土，凌云爽飒。身屹关中，名驰天下。

缘持峻险，豪侠仰慕；坐[6]抱秀奇，骚墨嘉夸。金庸之笔下，"华山论剑[7]"，英杰会聚；太白之诗中，云为台榭，石绽莲花[8]。秉山川之灵气，映日月之光华。邈远[9]而神圣，中华之发祥地[10]；壮丽且珍稀，山岳之一奇葩!

曾拜华山,时逢秋末。沿窄道攀登,觑[11]寒山有色。松生岩隙,傲竞葱茏;雾绕峰腰,悠游赭褐[12]。且上且观,载[13]惊载乐。

仰观华岳,靓展芳颜。异石飞瀑,引人入胜;险道悬阶,励志向前。一路风光,拓开眼界;五峰韵致,铭刻心间。

闻北居冲要,恍若云台;西绽美娇,恰如莲瓣。东曰朝阳,南名落雁。登上南巅而俯瞰,黄河如缕如丝;攀达东岭以遥观,红日似羞似赧[14]。寻塑像于庙祠,瞻玉仙之娇艳。中峰妩媚妖娆,景色幽娟丽绚。

偕友自回心石,攀上金锁关:经千尺幢、百尺峡,险象环生;过擦耳崖、苍龙岭,奇观叠现。老君犁沟蹇步[15]途留,青牛石洞澜斑[16]景绽。

闻春绽鲜花,争奇斗艳;夏迎惠雨,润翠妆妍;秋披红叶,瑰丽迷蒙;冬裹雪冰,圣洁妙曼。四序[17]之景,别有洞天[18];云岚雨雪[19],各具姿颜。登临之际,云卷云舒,恍入瑶台仙苑。诗情满壑,画意盈山。又闻松涛风动时,金声玉应,竹奏丝弹;桧[20]海烟萦处,巨影姿摇,神差魔唤。邃洞遍陈、异石林列,啧啧称奇;长空栈道、鹞子翻身[21],步步兴叹。驻足而思豪侠论剑,放眼以望田野拥山。叹卓殊[22]持峻,威武非凡;居高不傲,秉厚自坚;荣光赤县,壮美秦川。

华岳灵明,祥光辉映。福地洞天,氤氲香火;和风化雨,通贯古今。《尚书》载轩辕会仙而至,《史记》言虞舜巡狩以临。古帝王封祭,彰昭肃穆;众绅士参寻,钦拜崇尊。秦皇御宇,祭此以坚帝位;汉武建宫,虔之而逞霸心。多有名贤羽士潜修布道,不乏信女善男拜谒聆经。

今访真人之遗迹,嗟文史之丰博——老子扶犁开路,大通[23]创派立门。伯起[24]授徒,药圣[25]为民。吕岩[26]遁世,陈抟[27]绝尘。元希[28]凿洞,炎武[29]讲经……钦先贤嗜学之志,仰大师为善之衷。

　　复闻雨雾弧光、飞燕衔表珍稀,莲台佛影、云崖神灯玄秘。黑龙潭祭祈降雨,仰天池旱涝存水。洞里瓮瓮中置瓮,全真岩岩上悬字。

　　至若依山修筑之宫祠院观,皆藏幽罗异,巧夺天工;临山而建之西岳庙,则碑石林立,气势恢弘。华山文化,道教为盛;同根学派,异彩纷呈。探其理,究其因,汲其粹,修德以济世,益智而养生。

　　嗟夫!其险峻也,引无数英杰青睐,不啻王猛练军,玉祥屯兵,虎成修塔;其秀奇也,俾众多骚客歌吟,譬如寇准咏叹,耐庵作赋,太白留诗。

　　华岳诡异,仙姿奇神。游山既见岩谲洞异,探本始知山美祠尊。九天宫所以奉玄女神,以其驱傩救难,悯弱怜人。仙掌崖[30]所见关中首景,仙掌石迹可见,巨灵真身无踪。事虽虚幻,情乃朴真。其擘[31]山疏水,除患拯民之举,岂可不钦?劈山救母[32],已为佳话;世易时移,永赞孝心。复叹书生情挚,公主意诚:毛女[33]偕夫君避难洞间,心怀美愿,手抚瑶琴;弄玉与萧史[34]笙箫鸣和,引来龙凤,驾以腾升。天下第一洞房[35],润泽尘世芳情。

　　余叹其神话传说美,惊彼摩崖石刻丰。究其呼真唤美,憎恶驱灾,祈福扬善之愿,古今一也。自当掘其内蕴,彰我国魂。

　　故游人纷至,或赏风光、观兵器,猎奇开眼;或察风情、寻根脉,追本溯源。探险境者,挑战自我;仰英雄者,寻迹其间。亦有健身沐浴,抑或度假休闲者也。

　　倘徉于时空隧道,抚今追昔;流连其"步行街",购物留念。攀"智取华山路",练身磨志;仰勇士英雄胆,动魄摧肝。

　　乘缆车而望,路延网布,车涌蚁行,铁龙蛇动。一径登山,一去而不返;千年福路,千方之共建。回溯经风历雨,岁月峥嵘;放歌源远流长,人文灿烂——喜远离乖塞兮,悠享和安;风华毕现兮,气象万千。西岳更装焕彩,

/祖国娇

雄姿尽态极妍。信中华强盛，而西岳兴荣焉！

【注释】

[1] 华山风景名胜区2010年至2011年面向全球征集《华山赋》，该赋入围。

[2] 地转演迁：地球在不停地运转中，自身不断地发生变化。

[3] 十里：《水经注》载"华山广十里，高五千仞，一石也"。

[4] 造化，创造演化，指自然界自身发展繁衍的功能。

[5] 襟秦岭带黄河：以秦岭为襟，以黄河为带。华山南依秦岭，北望黄河。

[6] 坐：因，由于，为着。如"停车坐爱枫林晚，霜叶红于二月花"。

[7] 论剑：原意是比武，引申为公开的学术争鸣。这里为原意。

[8] 李白《西岳云台歌送丹丘子》中有"石作莲花云作台"之句。

[9] 邈远，年代久远，历史悠长。

[10] 发祥地：原指帝王祖先兴起的地方，后指民族、文化等的发源地。

[11] 觑（qù）：看，有偷看和仔细瞄准的意思。这里指谨慎地偶尔看一眼。

[12] 赭褐（zhěhè）：果壳色。

[13] 载：乃，于是（文言里常用来表示同时做两个动作），如"载歌载舞"。

[14] 赧（nǎn）：因羞惭而脸红。

[15] 蹇（jiǎn）步：步履艰难。

[16] 斓斑：杂乱交错。

[17] 四序：指春、夏、秋、冬四季。

[18] 别有洞天：另开一种境界。

[19] 云岚（lán，山里的雾气）雨雪：华山上气候多变，形成"云华山"、"雨华山"、"雾华山"、"雪华山"，给人以仙境美感。

[20] 桧（guì）：常绿乔木，即圆柏。

[21] 长空栈道、鹞子翻身：是指华山最险处，因有保险绳，有惊无险。

[22] 卓殊：卓越，特异。

[23] 大通：指金元时期自称太古道人的郝大通。

[24] 伯起：指东汉太尉杨震杨伯起。

[25] 药圣：唐代药圣孙思邈。

[26] 吕岩：吕洞宾，唐末五代道士。

[27] 陈抟：五代末宋初的著名道教学者陈抟老祖，久居华山，与世无争，不贪富贵。据传与宋太祖赵匡胤赌棋，宋太祖把华山输给了他。

[28] 元希：元代贺元希，凿长空栈道，而后在华山之巅修朝阳洞。

[29] 炎武：明末清初思想家顾炎武。

[30] 仙掌崖：陕西有名的"关中八景"第一景。历代有关华岳仙掌的神话传说很多。一说在上古时候，今黄河东、山西境内的首阳山同华山连绵，黎民百姓苦不堪言。河神巨灵悲悯人间疾苦就手推华山，脚踏首阳山，使地轴折断。山脊裂绝，一山移而为二，河水从两山之间奔泻东去。从此巨灵神推山的手印留在首阳山。

[31] 擘（bò）：本义是大拇指，引申义是分开或者砍、劈击。

[32] 劈山救母：华山的西峰顶上，有一块十余丈长的巨石被截成三节。巨石旁边插着一把七尺高三百多斤重的月牙铁斧。相传，这就是当年沉香劈山救母的地方。

[33] 毛女：华山北斗坪侧有毛女洞和古丈夫洞，传说是毛女仙姑与其夫秦宫役夫栖身修道的地方。

[34] 弄玉与萧史：萧史善于吹箫，能吹出鸾凤之鸣叫声。秦穆公有个女儿名叫弄玉，善于吹笙，秦穆公就把女儿许配给了萧史。萧史于是教弄玉吹凤的鸣叫声。住了十多年，凤凰来落到他们的住处。秦穆公给建了凤台，萧史夫妇

住在上面。过了几年，弄玉乘凤、萧史乘龙升天成仙了。

[35] "洞房"一词源于华山西峰。相传在华山修行的吹箫人萧史和秦穆公的女儿弄玉在双双驾鹤成仙之前，曾到西峰莲花洞点烛成婚，"天下第一洞房"由此而来。因此人们称华山是爱情山。

天津市东丽湖景区

鸥鹅鹇鹭南飞北，百鸟凌波，一湖丽影；
鲂鲤鲢鳙东跃西，千鱼戏水，两岸欢声。

——（入围）

泉温气韵佳，度假人东南西北欣然至；
湖丽风情雅，观光者春夏秋冬不绝来。

——（入围）

贵州省施秉县云台山[1]景区

阁居峻峭关垭口，

人入氤氲画雾中。

——排云阁（入围）

一湾馥郁馨嘉客,
满眼葱茏沁雅心。

——沁馨亭（获三等奖）

鼻祖开山泽圣境，花鲜木秀，
徐公悟道惠云台，土美石灵。

——拾翠亭（入围）

【注释】

[1] 云台山：距施秉县城北13公里，是600年前的佛教胜地，现保存有周公庙、徐公殿及诸多摩崖石刻景点。云台山风景区由云台山、外营台、轿顶山及大田垴等群峰组成，突起于群山之间，因山形"四面削成，独出于云霄之半"，山巅如台，加之云雾缭绕，故名。

山东省潍坊市[1]

广宇澄明，喜放风筝迎世界，展一方美韵；
佳湖碧澈，欢歌鸢市建园林，兴四季和风。

——鸢都湖东方园林（入围）

九溪七榭数亭，美韵催人瞻画景；
五阁一湖三瀑，芳颜醉客酿诗情。

——虞河（入围）

【注释】

[1] 潍坊市历史悠久,源远流长,是山东省东部的一个被绿色包围的园林城市,有着美妙绝伦的湿地,更有传承千年文化的风筝闻名世界。

广东省中山市南头镇

富裕路宽,昌盛歌甜,正春风骀荡,中山一市旺;
文明花盛,和谐韵美,迎紫气蒸腾,大业四时兴。

——(入围)

山东省棉都"夏津杯"[1]

棉花棉絮棉纱,棉市商集绵五岳;
夏果夏粮夏菜,夏津物产下三江。

——(获三等奖)

【注释】

[1] 夏津地处鲁西北平原,北依德州,南临聊城,东连济南,西接临清,总面积872平方公里,耕地面积83万亩。夏津是全国著名的农业县,以产棉量大的农业为龙头,带动了工商业,现已形成全国闻名的棉花现货交易市场,有"棉都"之称。

广东省广州市番禺区"和谐番禺"

和弦齐奏,宫商角徵,异曲同工春社闹;
古邑尽欢,汉壮苗瑶,新容别致彩灯张。

——(入围)

星海飞歌美韵扬,禺内人文,岭南艺术;
鳌鱼起舞和风荡,全新面貌,不老精神。

——(入围)

文化壮番禺,古邑民俗昭盛艺;
旅游兴商贸,水乡生态靓新城。

——(入围)

陕西省宝鸡市农行

情系城乡,广开优势,春风拂润金光道;
业通世界,力造新天,澍雨滋泽客户心。

——(入围)

/祖国娇

山西省古交市

骏业纵驰，矿产流金，三晋腾龙宝地，偕祖国共进；
汾河横贯，山林溢彩，九州翥凤新城，与盛世同行。

——（入围）

山西省平遥古城迎奥运圣火

如霞圣火过平遥，青山绿水，祥云缭绕，
　　福娃托五环，千载古城添异彩；
似虹[1]横幅悬巷道，丽日和风，瑞锦[2]斑斓，
　　盛况荣三夏，一街笑脸绽鲜花。

——（入围）

【注释】

[1] 虹（jiàng）：〈口〉义同虹（hóng），限于单用。

[2] 瑞锦：唐代根据窦师纶绘图而织造的一种色彩绮丽的锦，以其绣有龙凤等瑞物，故名。借指为迎奥运圣火而装饰布置得十分祥和的景象。

江苏省南昌市"红谷滩杯"春联征集

瑞气盈城,喜气盈城,崛起洪都多旺气;
春风入户,和风入户,腾飞红谷盛新风。

——(入围)

陕西省西安市城门春联

南燕归巢,千家贺喜,门迎盛世一城乐;
东风送暖,四季飞歌,韵载浓情百业兴。

——南门【永宁门】(入围)

凝情化绿荫,畅乐伴和融,民安业旺同开路;
携手报红果,繁荣趋久远,气暖风清共庆春。

——东门【长乐门】(入围)

丝路越千年,驼铃摇万里,诚钦国富疆康定;
春风临四海,古阙览三秦,最喜世和民泰安。

——西门【安定门】(入围)

浙江省温州市"迎春福"春联

春暖温州,福临万户,福星盛贺和谐意;
花荣富市,喜至千门,喜气恭迎博爱情。

——(入围)

岁驾祥云,喜沐和风,殷殷切切温馨至;
春携惠雨,欣观盛景,袅袅婷婷畅乐来。

——(入围)

万盏彩灯,一城靓景,千街旺盛迎丁亥;
千般心愿,百样佳图,万户和谐送丙戌。

——(入围)

《河南日报(农村版)》春联

春迎好景来,家家瑞气生,高歌喜奏和谐鼓;
岁向小康进,户户金光耀,畅舞欣敲幸福钟。

——(入围)

湖北省"楚天杯"春联

岁逝荆天阔,燕舞鹰翔,三十年奋羽开云路;
春来玉鼠欢,龙腾凤鬻,千万里追云拓锦程。

——(入围)

人文美

/ 人文美

绵山大罗宫 [1]

2006 年 7 月 10 日

观[2]依山壁屹，人上殿阁惊。

顾眺迷蒙景[3]，入瞻雕塑形。

道门彰大理，哲圣贵幽情。

养性胸怀坦，修德心气灵。

【注释】

[1] 绵山坐落于山西省介休市境内，距省城太原约160公里，海拔2500余米，属太岳山向北延伸的一条支脉。相传春秋时晋国介子推曾携母隐居被焚于此，故而又称介山。绵山历史上曾建有众多道教宫观，但至近代，几乎全遭毁坏。1995年，当地大居士阎吉英先生筹巨资开始开发绵山和恢复绵山道教宫观，其规模在全国首屈一指。大罗宫依山而建，层楼叠阁，青墙金瓦，画栋雕梁，被誉为"天下第一道观"，可与布达拉宫媲美。

[2] 观（guàn）：道观，道教的庙。

[3] 登观时，有大雾。

游开封清明上河园[1]

2006 年 8 月 3 日

人潮流动涌园间,恍若真临大宋天。

酒肆茶楼模故式,古装杂耍仿当年。

寻幽漫步虹桥上,览胜凝眸汴水边。

民俗风情多雅趣,择端[2]像侧更流连。

【注释】

[1] 清明上河园位于河南省开封城西北隅,东与龙亭风景区比邻,是以宋代张择端的名画《清明上河图》为蓝本、集中再现原图风物景观的大型宋代民俗风情游乐园,为国家黄河旅游专线重点配套工程。

[2] 张择端(1085—1145),字正道,又字文友,东武(今山东诸城)人,北宋末年杰出的现实主义画家。他自幼好学,早年游学汴京(今河南开封),后习绘画。宋徽宗时供职翰林图画院,专工界画(中国画技法名)宫室,尤擅绘舟车、市肆、桥梁、街道、城郭。后"以失位家居,卖画为生,绘有《西湖争标图》、《清明上河图》"。其作品大多失传,存世《清明上河图》《金明池争标图》,为我国古代的艺术珍品。

/ 人文美

洪秀全[1]故居"龙眼树"

2007年5月2日

百年大树展奇殊,领袖英姿历历浮。

应试读书途路舛[2],归乡任教智心如[3]。

居阁原道雄文撰,聚义求公壮举图。

可叹寻欢糜晚岁,留得龙眼甚孤独。

【注释】

[1] 洪秀全(1814—1864):汉族客家人,出身寒微,原籍广东嘉应州。太平天国创建者及思想指导者,称"天王",道光年间屡应科举不中,遂吸取早期基督教义中的平等思想,创立拜上帝会,撰《原道救世歌》以布教,主张建立远古"天下为公"盛世。后率太平军刚攻下南京便大兴土木,广选秀女,生活极尽奢糜。

洪秀全故居位于广东省花县大布乡官禄布村。故居的附近还有洪秀全读书和教书的私塾以及洪氏宗祠等。原建筑曾被清政府焚毁,新中国成立后重建。现故居内有洪秀全故居纪念馆,洪氏宗祠辟为纪念馆辅助陈列室。故居有棵大树称为"龙眼树",为洪秀全亲手所植。

[2] 舛(chuǎn):不顺,不幸,用以形容人的经历坎坷,潦倒失意。

[3] 智心如:顺遂了智慧和心思,即达到了自己的目的,指心里满意。

河边赏桃树

2008年7月5日

姿娇态美吐芳馨,质秉清纯气韵灵。
枝展婀娜摇硕果,叶呈雅艳绘佳形。
黄莺嗓丽悠然唱,绿水波平静意听。
喜看婆娑昭碧翠,惠风相伴酿诗情。

悼罗京[1]

2009年6月

惊悉噩耗我心哀,何以英年辞世哉?
闻病惜惜时念愈,换频切切总期来。
天公莫违黎元愿,橘井[2]当怜[3]贤俊才。
国脸谁言今逝去?应邀暂去访瑶台[4]。

【注释】

[1]罗京(1961年5月29日—2009年6月5日):生于北京,著名播音员,是中央电视台《新闻联播》主播之一,中共十七大代表。1983年毕业于北京广播学院播音系,同年8月开始播报《新闻联播》。在长期工作中,形成了沉稳、庄重的播音风格,是中央电视台知名度最高的主持人之一。2009年7月30日,罗京被追授"播音主持界终身成就奖"和"中国德艺双馨电视艺术工作者";

2009年10月又被追授中国播音主持"金话筒"奖。

[2] 橘井：借指治病良药。汉文帝时在今湖南彬州地方有一个叫苏耽的人，幼年死了父亲，与母亲相依为命。苏耽对母亲极为孝顺，得到邻里的赞誉。在他将要离开人世的时候对母亲说："明年天下将流行大疫。我家院里的那口井和旁边的那棵橘树很有用。只要取井水一升，橘叶一片，煎汤饮服，疫病就会痊愈。"第二年，果真如苏耽所说，发生了严重的瘟疫。苏母不但用儿子所告诉的方法使自己抵御了瘟疫，且把井水和橘叶广施给疫病患者，拯救了成千上万人的生命。

[3] 怜：爱。

[4] 瑶台：神话传说中神仙所居之地。

咏　柳

2009年6月23日

叶盛枝繁意态悠，娇姿动静俱含羞。
鲜颜溢翠盈和雅，美韵生香蓄婉柔。
凝望瞬间惊曼妙，细观每处醉风流。
谁知月下亭亭立，缕缕清风正与俦！

读林觉民《与妻书》[1]

2010年5月3日

绝笔家书和泪凝,撇妻漉血[2]岂无情?

身昭清气胆肝沥,志扫阴云天地明。

铁骨铮铮魂永在,旌旗猎猎士高擎。

国行民主精英愿,万代千秋兀自灵。

【注释】

[1] 林觉民(1887—1911):福建闽侯人。是推崇自由平等学说,献身为国,为革除暴政建立共和的革命先烈,"黄花岗七十二烈士"之一。与林文、林尹民(三人同年生、同年为创建民国而捐躯)并称黄花岗"三林"英烈。少年之时,他们即接受民主革命思想,推崇自由平等学说。在进攻总督衙门的战斗中,林觉民受伤力尽被俘;在提督衙门受审时慷慨宣传革命道理,最后从容就义。林觉民用一篇深情隽永的《与妻书》与妻子陈意映诀别,其事其情有着穿越时空的震撼力。

[2] 漉血:流血,洒血。

咏荷数字歌

2010 年 6 月 3 日

远溢清香静境融，凌波仙子舞玲珑。

四隅艳艳花鲜嫩，三夏田田叶碧浓。

七女八仙娇媲美，五颜六色默争同。

纯心不二凭鱼戏，十染九污尽落空。

白居易[1]

2010 年 8 月 14 日

洋洋遗稿数千篇，一代诗王字乐天。

晓畅诗词吟读易，鲲鹏志向炼磨艰。

达而未济心遗恨，穷乃怀仁泪浸衫。[2]

勤政为民堪赞道，白园[3]幽静水声欢。

【注释】

[1] 白居易（772—846）：字乐天，晚年又号香山居士，我国唐代伟大的现实主义诗人，在中国文学史上负有盛名且影响深远。他的诗歌题材广泛，形式多样，语言平易通俗，有"诗魔"和"诗王"之称。官至翰林学士、左赞善大夫。有《白氏长庆集》传世，代表诗作有《长恨歌》、《卖炭翁》、《琵琶行》等。

[2]《孟子·尽心章句上》说:"穷则独善其身,达则兼善天下。"后人将"兼善"改为"兼济"。此句意为,不得志的时候就要搞好自己的道德修养,得志的时候就要努力让天下人都能得到好处。

[3] 白园:指白居易故居纪念馆,坐落于洛阳市郊。白居易墓坐落于洛阳城南香山的琵琶峰。

李 贺[1]

2010 年 8 月 15 日

鬼才失意正中唐,勤苦为诗惊夕阳。
博览籍书怀志远,暗遭馋陷饮忧长。
恋迷神话瑰奇境,陶醉楚辞明丽章。
浪漫浓情多激愤,短生[2]傲岸伴悲伤。

【注释】

[1] 李贺(790—816):字长吉,汉族,唐代河南福昌(今河南省洛阳市宜阳县)人,有"诗鬼"之称,与李白、李商隐并称唐代"三李"。李贺才华出众,胸怀大志,性情傲岸,却仕途不得志,后辞官隐居在家。李贺长期抑郁感伤,焦思苦吟的生活方式,贫寒家境的困扰,使得这颗唐代诗坛上闪着奇光异彩的新星,于公元816年过早地殒落了。李贺诗受楚辞、古乐府、齐梁宫体、李杜、韩愈等多方面影响,经自己熔铸苦吟,形成非常独特的风格,想象丰富奇特,语言瑰丽谲峭。他上访天河,游月宫;下论古今,探鬼魅,并刻意锤炼语言,造语奇隽,凝练峭拔,色彩浓丽,笔下有许多精警、奇峭而富有独创性的语言。

他留下了"黑云压城城欲摧","雄鸡一声天下白","天若有情天亦老"等千古佳句。

[2] 短生：生命周期短，指短暂的一生。

金石为开[1] 三首

2010 年 9 月 5 日

一

一年三百六十天，二载传书六二三。
两地遥遥难晤面，一心苦苦静倾言。
情诚博取丽人恋，路迥赢来方寸欢。
痴意只缘相爱重，终成眷属广流传。

二

饥肠辘辘腿麻酸，往返遥途为哪般？
尝寄鱼笺[2] 传挚爱，又循马路会娇妍。
琴心炽烈金石热，惠雨淋漓林木欢。
苦恋终结丰硕果，质优色美永留鲜。

三

天生丽质谁能弃？才子李君亨运通。

总是魂飞春梦里，长将爱注雁书中。

相携一路情加厚，互敬多年意向浓。

诚贺嫦娥终本色，终持优雅羡苍穹。

【注释】

[1] 金石为开：指林芳兵情窦初开是被李凌情书感动的结果。林芳兵，原籍浙江宁波，著名影视演员，在电视剧《唐明皇》中扮演杨贵妃获1991年大众电视金鹰奖最佳女主角奖。她自幼在父亲的教诲和培养下，如醉如痴地阅读唐诗宋词，有很好的文学修养。她的诗多发表在20世纪80年代《大众电影》上，电影剧本《明年的色彩》发表于《中外电影》。1981年，在长影拍《幽谷恋歌》时，林芳兵邂逅了正在师从长影乐团首席指挥尹升山的沈阳音乐学院指挥作曲系的奉天才子李凌，影片拍完后，李凌回到沈阳，林芳兵回到江苏。为了追求自己挚爱的女孩，李凌发动了强大的爱情攻势，两人开始交往。后来林芳兵考上北京电影学院，李凌也被东方歌舞团团长王昆挖到北京，终于在1987年结束恋爱关系，成为伉俪。说起他们的爱情故事，那绝对是"金石为开"的典型。李凌给林芳兵写信，每天坚持写一封，不管芳兵是否回复，一连写了623封。后来李凌想见林芳兵，但怕影响她学习，当时又没有那么多钱打出租车，于是他每天晚上骑自行车往返27公里路程，只为了在晚自习后见林芳兵一眼，说上几句话。就这样，无论春夏秋冬，无论刮风下雨，李凌一如既往地坚持着。在林芳兵眼中，623封情书是无价之宝。这些情书所起的作用远远超过当年沈从文的

情书。

[2] 鱼笺，鱼子笺的简称，古时四川所造的一种纸，泛指书信。

思杜甫[1]

2010 年 9 月 14 日

诗圣尝于隐居际，秋风肆虐卷茅来。
草飞童抱昼兴叹，屋漏床湿夜被灾。
推己及人期广厦，吟诗述愿显仁怀。
时逢战乱民遭苦，痛彻慈心题旨白。

【注释】

[1] 杜甫（712—770），字子美，自号少陵野老，祖籍襄州襄阳（今湖北襄阳），一般认为出生于河南巩县。盛唐时期伟大的现实主义诗人。代表作有"三吏"（《新安吏》、《石壕吏》、《潼关吏》）、"三别"（《新婚别》、《垂老别》、《无家别》）等。

杜甫是初唐诗人杜审言之孙。唐肃宗时，官左拾遗。后入蜀，友人严武推荐他做剑南节度府参谋，加检校工部员外郎。故后世又称他杜拾遗、杜工部。他忧国忧民，人格高尚，诗艺精湛，被后世尊称为"诗圣"。

看第 25 届金鹰奖颁奖晚会有感

2010 年 9 月 22 日

又颁电视金鹰奖,卫视湖南布阵强。

膺誉登台光彩耀,吐言致谢意情扬。

演员塑造凭佳艺,观众甄评赖热肠。

如日中天人气盛,德馨韵雅总流芳。

荷池咏

2010 年 9 月 26 日

荷花池里溢清香,净立亭亭莲自芳。

绿意深浓佳秀态,舞姿优美雅娇妆。

花呈盛茂恒从美,质秉纯洁远去脏。

喜沐清风呈画卷,欣迎惠雨蕴诗行。

重重迷雾羞离境,漫漫轻云喜嗅香。

味美颜白为好藕,心直叶碧向朝阳。

文人墨客吟不尽,雅韵幽情散未央。

金殿开容生异彩,瑶池摇态妒琼浆。

练江明月望而喜,珠露葱山思以殇。

晴日幸得风景丽,偕同柳下共乘凉。

观电视剧《毛岸英[1]》感怀

2010年10月21日

天公倾泪洒人寰,诅咒突袭施暴残。

深悯街头流浪苦,尤悲战场骨尸寒。

才高八斗[2]凌云志,德重千钧破浪船。

央视荧屏今再现,沉思痛悼望层峦。

【注释】

[1] 毛岸英(1922年10月24日—1950年11月25日),本名远仁,字岸英,初名永福,湖南湘潭人,是毛泽东与其妻子杨开慧的长子,在抗美援朝战争中牺牲,安葬于朝鲜平安南道桧仓郡的中国人民志愿军烈士陵园。毛岸英出生在湖南省长沙市。8岁时,由于母亲杨开慧被捕入狱,毛岸英也被关进牢房。杨开慧牺牲后,地下党安排毛岸英和他两个弟弟来到上海。后来,由于地下党组织遭到破坏,毛岸英兄弟流落街头。他当过学徒,捡过破烂,卖过报纸,推过人力车。

1936年,毛岸英和弟弟毛岸青被安排到苏联学习。在苏联期间,他曾在军政学校和军事学院学习,以后参加了苏联卫国战争,冒着枪林弹雨,转战欧洲战场。1946年,毛岸英回到延安,同年加入中国共产党。毛岸英遵照毛泽东"补上劳动大学这一课"的要求,在解放区搞过土改,做过宣传工作,当过秘书。

解放初期,任过工厂的党委副书记。他虽然是毛泽东的儿子,但是从来没有因自己是领袖的儿子而自傲,相反,总是处处严格要求自己,努力和普通劳动群众打成一片。1950年10月参加中国人民志愿军,1950年11月25日在

美军空袭中牺牲。

[2] 才高八斗：喻才华卓著。

李 白[1]

2010 年 10 月 26 日

天生傲岸轻权贵，非是清高总恃才。
君子从来尊磊落，烝民自晓荡尘埃。
直行岂畏奸邪势，勇往还凭侠义怀。
飘荡四方广交友，弃官游历不徘徊。

【注释】

[1] 李白（701—762）：字太白，号青莲居士。有"诗仙"之称，是唐代伟大的浪漫主义诗人。祖籍陇西郡成纪县（今甘肃省平凉市静宁县南），出生于蜀郡绵州昌隆县（今四川省江油市青莲乡），一说生于西域碎叶（今吉尔吉斯斯坦托克马克），逝世于安徽当涂县。存世诗文千余篇，代表作有《蜀道难》、《行路难》、《梦游天姥吟留别》、《将进酒》等诗篇，有《李太白集》传世。公元 762 年病卒，享年 61 岁。其墓在安徽当涂，四川江油、湖北安陆有纪念馆。

/ 人文美

呼兰洛神[1]咏

2010 年 10 月 29 日

文垂青史世流芳,品正行端永耀光。
卓异才华篇内显,幽深意韵腹间藏。
风骚笔下呼兰美,雅丽河边神女强。
生死场中民族魄,诞辰百载颂歌扬。

【注释】

[1] 呼兰洛神:指萧红,原名张逎莹,现代著名女作家,1933 年与萧军自费出版第一本作品合集《跋涉》。在鲁迅的帮助和支持下,1935 年发表了成名作《生死场》(开始使用笔名萧红)。1936 年,为摆脱精神上的苦恼东渡日本,在东京写下了散文《孤独的生活》、长篇组诗《砂粒》等。1940 年与端木蕻良同抵香港,之后发表了中篇小说《马伯乐》和著名长篇小说《呼兰河传》。

鲁 迅[1]

2010 年 11 月 1 日

许是生来恨冷寒,投枪在手夜凭栏。
彷徨立下兴国志,呐喊凝成醒世丸。
击鼓驱驰伐故弊,擎旗奋进拓新园。

功昭日月名垂史，百载文坛摘桂冠。

【注释】

　　[1]鲁迅(1881年9月25日—1936年10月19日)：浙江绍兴人，原名周樟寿，后改名周树人，字豫才、豫亭，笔名鲁迅，出身于封建官僚家庭。1904年初，鲁迅入仙台医科专门学医，后从事文艺创作，希望以此改变国民麻木的精神。辛亥革命后，鲁迅曾任南京临时政府和北京政府教育部部员、佥事等职，兼在北京大学、女子师范大学等校授课。1918年5月，首次用"鲁迅"的笔名发表中国现代文学史上第一篇白话小说《狂人日记》。小说集有《呐喊》和《彷徨》。毛泽东主席评价鲁迅是伟大的无产阶级文学家、思想家、革命家，是中国文化革命的主将。

石景咏

2011年1月24日

石呈美景亭亭立，翠柏青松衬丽姝。
雪慕清纯彰美韵，风钦淡静绕明珠。
冬阳喜赠银光镜，瑞气恭迎玉质壶。
更有冬梅花绽放，谁人不叹此佳图！

看新版电视剧《红楼梦》[1]感慨

2011年2月20日

书奇篇巨意宏开，世事明察巧构裁。

欲问小说谁已越？复思电视岂堪歪！

细读贾府兴衰史，深味曹公苦乐怀。

著就红楼犹做梦，半生洒泪述金钗。

【注释】

[1]《红楼梦》：中国四大名著之一，章回体长篇小说，成书于1784年（清乾隆四十九年），梦觉主人序本正式题为《红楼梦》。它的原名有《石头记》、《情僧录》、《风月宝鉴》、《金陵十二钗》等。前80回曹雪芹所著，后40回无名氏续，程伟元、高鹗整理。是一部具有高度思想性和高度艺术性的伟大作品。

作者曹雪芹名霑，字梦阮，雪芹是其号，又号芹圃、芹溪。其曾祖母孙氏做过康熙帝玄烨的保姆；祖父曹寅做过玄烨的伴读和御前侍卫，后任江宁织造，兼任两淮巡盐监察御史，极受玄烨宠信。曹雪芹出身于一个"百年望族"的大官僚地主家庭，后因家庭的衰败而饱尝了人生的辛酸。新版红楼没有原著中那种舒缓、典雅、富贵、矜持的文化味道。衣饰、布景是古代的，人的表情、语气、精神面貌却是现代的，两者相距甚远。

咏 兔

2011 年 2 月 23 日

蟾宫绕桂嫦娥戏,旷野飞奔意兴高。

扑朔迷离皆秀丽,悠闲蹦跳好逍遥。

人间有爱情长在,笔下无言用不消。

春色初开争美誉,添金蕴宝茂功昭。

题《春水》图[1]

2011 年 4 月 12 日

共赏清波里,葱山倒影摇。

高歌谁应和?舟远载娥娇。

【注释】

[1] 在中国画的空白处,往往由画家本人或他人题上一首诗。或写画中的内容,或抒发作者的感情,或谈论艺术的见地,或咏叹画面的意境。题画诗是绘画章法的一部分,它通过书法表现到绘画中,使诗、书、画三者之美极为巧妙地结合起来,相互映发,丰富多姿,增强了作品的形式美感,构成了中国画的艺术特色。

此外,宋以前的许多赞美绘画或对绘画有感而发的诗歌,虽不题在画上,从广义上讲,也算是题画诗,现在盛行为网上搜来的图片题诗,与此同。

题《荡舟》图

2011年4月12日

花树携春讯,舟中尽兴聊。
闲来心旷远,左右任逍遥。

步韵和刘照荣

2011年5月8日

波何黄一片?晚照映秋江。
相顾摇船影,欣听击水腔。
涟漪旋有数,韵致美无双。
载得辛劳果,心牵人倚窗。

附刘照荣原诗:

题《渔舟》图诗

渔舟擒日降,满载荡清江。
笑影刚临画,船歌已出腔。
敞怀无寡独,摇橹总形双。
顺浪乘风走,归心到夕窗。

寄韵怀屈原 [1]

2011 年 5 月 20 日

骋怀思正则，寄语托苍穹。

香草灵明蕴，佳人理想通。

高天尊志远，旷野慕才雄。

学博存韬略，行端持义忠。

初何承宠信，渐以遇堙穷 [2]？

榷议 [3] 遴贤任，规图定法公。

勤王赢器赏，献计见严聪。

美政宜除弊，强兵务结戎。

联齐方有效，遭谤遂无功。

性耿昌言直，情深懿德隆。

黄钟君主弃 [4]，黑雾郢 [5] 都蒙。

流放凝清韵，歌吟痛浊风。

江河偕血淌，家国与心融。

身溺汨罗晓，疆危形寿终。

赤诚昭丽日，浩气贯长虹。

屈子黎元祭，楚辞骚客攻。

和平彰卓伟，贞净显荣崇。

华夏山川秀，古今星月同。

纵观文化史，欣看秭归鸿 [6]。

嘉誉驰寰宇，芳魂泽蕙丛。

【注释】

[1] 屈平：字原，通常称为屈原，自云名正则，字灵均，汉族，战国末期楚国丹阳（今湖北秭归）人，楚武王熊通之子屈瑕的后代。屈原虽忠事楚怀王，却屡遭排挤，怀王死后又因顷襄王听信谗言而被流放，最终投汨罗江而死。屈原是中国最伟大的浪漫主义诗人之一，也是我国已知最早的著名诗人，世界文化名人。他创立了"楚辞"这种文体，也开创了"香草美人"的传统，代表作品有《离骚》《九歌》等。

[2] 堙（yīn）：堵塞；穷：处境恶劣。

[3] 榷（què）议：商讨，研究。

[4] 黄钟君主弃：比喻有才德的人被弃置不用。黄钟，黄铜铸的钟，我国古代音乐有十二律，阴阳各六，黄钟为阳六律的第一律。《楚辞·卜居》："世溷浊而不清，蝉翼为重，千钧为轻；黄钟毁弃，瓦釜雷鸣；谗人高张，贤士无名。"

[5] 郢（yǐng）：古地名，春秋战国时期楚国国都。

[6] 秭归鸿：秭归的书信，这里借指屈原的诗歌。鸿，大雁，引申为书信义。

读《天问》[1] 感怀

2011 年 5 月 23 日

披肝沥胆效忠陪，毁弃黄钟心渺飞。
造化迷离追本面，人文繁复究玄机[2]。
仰观星月询谁晓，俯察江河思所归。
可叹强疆成梦幻，扶风[3] 咏罢复歔欷[4]。

【注释】

[1]《天问》：屈原代表作《楚辞》中的一篇，全诗373句1560字，多为四言，兼有三言、五言、六言、七言，偶有八言，起伏跌宕，错落有致。全诗自始至终以问句构成，一口气对天、对地、对自然、对社会、对历史、对人生提出173个问题，被誉为是"万古至奇之作"。

[2] 玄机：深奥微妙的道理。

[3] 扶风：指悲壮激昂之作。

[4] 歔欷（xū xī）：悲泣，抽噎，叹息。

玉兰花[1]

2011年5月27日

玉兰雅质美精魂，笑对寒天瑗碟[2]云。

色秀引来冰姑射[3]，花香迷倒蟹将军。

风姿灵妙画家醉，气韵和柔骚客吟。

无愧芳名开丽景，纯心一片对乾坤。

【注释】

[1] 玉兰性喜光，较耐寒，可露地越冬。关于玉兰花的传说，其中贯穿着中国传统的民间故事色彩。讲的是很久以前在一处深山里住着三个姐妹，大姐叫红玉兰，二姐叫白玉兰，小妹叫黄玉兰。一天她们下山游玩，发现村子里冷水秋烟，一片死寂，三姐妹十分惊异。她们向村子里的人问讯后得知，原来秦始皇赶山填海，杀死了龙虾公主，从此，龙王爷就跟张家界成了仇家，龙王锁

/ 人文美

了盐库,不让张家界的人吃盐,终于导致了瘟疫发生,死了好多人。三姐妹十分同情他们,于是决定帮大家讨盐。然而这谈何容易?在遭到龙王多次拒绝以后,三姐妹只得从看守盐仓的蟹将军入手,用自己酿制的花香迷倒了蟹将军,趁机将盐仓凿穿,把所有的盐都浸入海水中。村子里的人得救了,三姐妹却被龙王变作了花树。后来,人们为了纪念她们,就将那种花树称作"玉兰花",而她们酿造的花香也变成了她们自己的香味。故事反映了人们对美好事物的追求,对完美的向往。

[2] 叆叇(àidài):云彩很厚的样子,形容浓云蔽日。

[3] "冰姑射":指"姑射(yè)神人"。姑射,山名;神人,得道的人。原指姑射山的得道真人,后泛指美貌女子。《庄子·逍遥游》:"藐姑射之山,有神人居焉,肌肤若冰雪,淖(绰)约若处子。"

和诗友冯文山

2011 年 5 月 28 日

雅境遍茏葱,清溪急欲东。

心奇泉出涧,更叹绽颜红。

附诗友冯文山原诗:

题《溪涧野花》图诗

灌木郁葱葱,溪流逝向东。

幽深山涧处,寂寞野花红。

景仰岳飞[1]

2011年7月30日

壮怀激烈英姿发,酣战长驱抗敌骁。

报国丹心兵刃见,保家鹏志屋隅昭[2]。

奸邪投叛持权鄙,英杰驰征策马骄。

岳家旗摇谁可撼?凭栏仰啸亦雄豪。

【注释】

[1] 岳飞(1103—1142):字鹏举,北宋相州汤阴县永和乡孝悌里(今河南省安阳市汤阴县菜园镇程岗村)人。中国历史上著名战略家、军事家、民族英雄。岳飞因军事方面的才能被誉为宋、辽、金、西夏时期最为杰出的军事统帅。岳飞词《满江红》有"怒发冲冠,凭栏处、潇潇雨歇。抬望眼、仰天长啸,壮怀激烈"的词句。

[2] 兵刃见:武器可以见证;屋宇昭:房屋可以昭示。

理学大儒[1]

2011年8月5日

博学久淀显雄奇,识广思精奠固基。

仕路蒙冤因性耿,教坛载誉赖心仪[2]。

三朝[3]取士宗集注[4],百代读书贵质疑。

哲理千秋昭厚重，大儒气韵世间稀。

【注释】

[1] 朱熹（1130—1200）：字元晦，一字仲晦，号晦庵、晦翁、考亭先生、云谷老人、沧州病叟、逆翁，徽州府婺源县（今江西省婺源）人。南宋著名的理学家、思想家、哲学家、教育家、诗人，闽学派的代表人物，世称"朱子"，是孔子、孟子以来最杰出的儒学大师，程（指程颢、程颐）朱学派的创始人。朱熹一生从事理学研究，又竭力主张以理学治国，却不被当政者所理解。

[2] 心仪：心中向往、仰慕。

[3] 三朝：指元、明、清三个朝代。

[4] 集注：指朱熹的《四书集注》。

杨贵妃与荔枝 [1]

2011 年 8 月 17 日

肉嫩汁鲜不耐藏，大唐妃子盼欢尝。
途中频策催骐骥，心内唯葸怒帝王。
应晓玉环知此事，宜当方寸恶斯方。
荔枝无语从人意，世事还须细考量。

【注释】

[1] 华清宫是唐玄宗开元十一年（公元 723 年）修建的行宫，唐玄宗和杨贵妃曾在那里居住。后代有许多诗人写过以华清宫为题的咏史诗，杜牧在他的

《过华清宫》中写道:"长安回望绣成堆,山顶千门次第开。一骑红尘妃子笑,无人知是荔枝来。"

赏梧桐[1]

2011年8月26日

一似扶摇[2]挺秀成,双双并立正分明。

欢昭韵致腾生气,总示风华显逸情。

鸾凤千旋钦雅贵,雌雄百载秉坚贞。

自将奕奕持高洁,且以欣怡显盛荣。

【注释】

[1] 梧桐:高大挺拔,为树木中之佼佼者,自古就被人看重。人们常把梧桐和凤凰联系在一起,认为鸟中之王凤凰最乐于栖在梧桐之上。古代传说梧是雄树,桐是雌树,梧桐同长同老,同生同死,且梧桐枝干挺拔,根深叶茂,在诗人的笔下,它又成了忠贞爱情的象征。

[2] 扶摇:神话传说中的树名。

/ 人文美

中秋短信

2011年9月8日

节日编辑短信互送祝福在互联网时代非常盛行。短信内容丰富，形式各异，语言或幽默诙谐或庄重精辟，颇有文采。感于此而作。

月近中秋若近年，人心总乃盼团圆。
山高水隔情难阻，雾罩云遮意远传。
暮至无诗胡作画，夜阑有句乐思泉。
速将短信编成饼，入梦分尝味美鲜。

范仲淹与岳阳楼[1]

2011年9月10日

从来志士忧天下，赏景登楼亦未休。
居庙堂中常远虑，处江湖上总先忧。
先忧后乐因民起，远虑深思为国谋。
一世德高千代仰，岳阳楼记万年留。

【注释】

[1] 范仲淹(989—1052)：字希文，苏州吴县(今江苏吴县)人，北宋政治家、文学家，谥号"文正"。少年时家贫但好学，当秀才时就常以天下为己任，有

敢言之名,曾多次上书批评当时的宰相,因而三次被贬。宋仁宗时官至参知政事,相当于副宰相,提出严密官制、劝课农桑、整顿武备、减轻徭役、推行法制等10条建议,遭保守派反对,出任陕西四路宣抚使,后病死于赴颍州途中。范仲淹善写诗词散文,风格清新明健,有《范文正公集》。

岳阳楼耸立在湖南省岳阳市西门城头,紧靠洞庭湖畔,自古有"洞庭天下水,岳阳天下楼"之誉,与江西南昌的滕王阁、湖北武汉的黄鹤楼并称为江南三大名楼。范仲淹脍炙人口的《岳阳楼记》更使岳阳楼著称于世。《岳阳楼记》中"先天下之忧而忧,后天下之乐而乐"的名句,千古传诵。

教师节致武训 [1]

2011年9月10日

喟叹丹衷[2]懿范[3]鲜,功长堪比岭连绵。

巍巍气韵人皆慕,落落襟怀世永传。

博大无心谋己利,艰辛有志育邦贤。

夜阑独坐思高义,致意芳魂慰九泉。

【注释】

[1] 武训(1838—1896):山东省堂邑县(今属冠县)柳林镇武庄人。他出身贫苦,七岁失怙,以乞食奉母,人皆称孝。因少时家贫无力入学,深感贫困子弟失学之苦,遂立志"修义学为贫寒"。

武训先生以一平民,为给穷孩子办义学而甘做牛马,舍身抛家,忍辱负重,含辛茹苦30多年。竭一己汗血,倾毕生积蓄,先后创办了堂邑、馆陶、临清三县义学。武训终身行乞办学,身边不留分文,为群众办学的先驱者,著名平民教育家,曾受到朝廷的表扬。

[2] 丹衷:赤诚之心。

[3] 懿范:美好的风范。

恤 民

2011 年 10 月 5 日

遥思远古贵山田,主陕召公[1]夸果甜。

广布德恩施大爱,长劳体智绽欢颜。

曾修故址甘棠茂,乐续前贤惠政延。

开拓今朝康世路,恤民务必置前端!

【注释】

[1] 召(shào)公:姓姬名奭(shì),西周初期著名政治家。西周初期,武王去世时成王尚幼,其叔周公、召公分洛陕而治,辅佐朝政,"周公营洛,召公主陕"。据《史记·燕召公世家》记载,召公喜到田间地头体察乡情民意。他说:"不劳一身而劳百姓,不是仁政。"召公曾坐山野棠梨树下休息,摘食棠梨果解渴,并赞说:甘棠树好,浓荫郁葱,果实甜酸适口,百姓劳作体累,正可休息解渴。百姓闻听,皆夸其体恤民情,广施惠政。后人作诗颂召公,并集资修建召公祠,院内栽种甘棠树,纪念召公体恤民情、广施仁政博爱之心,留下了"召公遗爱"的千古美谈。

步李商隐[1]《无题》诗韵四首

2011年10月21日

一

一往心仪自叹难，倾情十载未曾残。
鲲鹏志浩风难阻，林木枝繁旱不干。
缘有深根呈艳盛，总怀炽意远凉寒。
翱翔广宇诚情在，卓立青山好探看。

附：李商隐原诗

相见时难别亦难，东风无力百花残。
春蚕到死丝方尽，蜡炬成灰泪始干。
晓镜但愁云鬓改，夜吟应觉月光寒。
蓬山此去无多路，青鸟殷勤为探看。

二

既入心扉即觅踪，诗词当晓有情钟。
嫣红姹紫情无乱，胜景新天意更浓。
魄动长思金翡翠，心驰总爱木芙蓉。
今生默默存真意，何虑湖山千百重！

附：李商隐原诗

来是空言去绝踪，月斜楼上五更钟。
梦为远别啼难唤，书被催成墨未浓。
蜡照半笼金翡翠，麝薰微度绣芙蓉。
刘郎已恨蓬山远，更隔蓬山一万重！

三

独步园西迎好风，信游河畔首昂东。
明星闪闪清光耀，曲径幽幽雅境通。
观水观山观夜美，赏松赏柳赏花红。
静思遥想心潮动，恋恋蹲身抚草蓬。

附：李商隐原诗

昨夜星辰昨夜风，画楼西畔桂堂东。
身无彩凤双飞翼，心有灵犀一点通。
隔座送钩春酒暖，分曹射覆蜡灯红。
嗟余听鼓应官去，走马兰台类转蓬。

四

复到佳园赏景来，喜无声处响惊雷。
李白境况当非似，杜甫情怀却尽回。
夕往精专诗赋艺，而今愿比俊贤才。

春风浩荡心花放，勃发生机远去灰。

附：李商隐原诗

飒飒东风细雨来，芙蓉塘外有轻雷。
金蟾啮锁烧香入，玉虎牵丝汲井回。
贾氏窥帘韩掾少，宓妃留枕魏王才。
春心莫共花争发，一寸相思一寸灰！

【注释】

[1] 李商隐：晚唐著名诗人，和杜牧合称"小李杜"，与温庭筠合称为"温李"。擅长骈文写作，诗作文学价值高。其诗构思新奇，风格浓丽，尤其是一些爱情诗写得缠绵悱恻，为人传诵。但过于隐晦迷离，难于索解，至有"诗家总爱西昆好，独恨无人作郑笺"之说。因处于牛李党争的夹缝之中，一生不得志。作品收录为《李义山诗集》。

孙中山[1]

——电视剧《辛亥革命》观后感

2011 年 10 月 25 日

苦争民主谋长计，驱帝兴华破虎关。
常学鲲鹏怀远志，谨防船舰入偏湾。
磨刀斩棘常持勇，舞剑迎风不畏寒。
纵目苍天昭胆魄，甘肩重担步雄山。

【注释】

[1] 孙中山：本名孙文，谱名德明，字载之，号日新，又号逸仙。出生在广东香山翠亨村（今广东中山）。流亡日本时，曾有一个广为人知的化名"中山樵"，之后转化为后世常用的"孙中山"惯称。中国近代民主主义革命的先行者，中华民国和中国国民党创始人，三民主义的倡导者。孙中山曾任中国国民党总理、第一任中华民国临时大总统等职。1925年3月12日因肝癌在北京逝世。

嬉 雪

2011年11月26日

看群童雪中嬉戏而作。

冰肌玉骨群童戏，滚打摸爬尽兴欢。
浓趣相谐优雅态，炽情自爱美洁颜。
古时先圣皆无斥，今世明哲亦有怜。
不笑骚人欣咏叹，只缘寒季最娇鲜！

诗路驰征

2012年3月28日

空灵久仰梦长生，滚涌思泉流澈清。
势若江河迎海下，神如日月顺天行。

履艰兀自倾情望，得畅犹当尽力耕。

纵是身忙心不倦，愚顽此世总驰征。

木拱廊桥[1]

2012年5月20日

廊桥迎世界，木拱靓丛间。

体态如如畅，容光熠熠鲜。

文明彰典范，历史载平凡。

置厝多精艺，诚期久继传。

【注释】

[1] 木拱廊桥：以梁木穿插别压成拱桥，足支撑在两岸的岩石上，底座由数十根粗大圆木纵横拼接对拱而成"八字结构"，不用钉铆，完全靠它自身的强度、摩擦力和直径的大小、所成的角度、水平的距离等巧妙搭接，结构简单，却坚固异常，是一种"河上架桥，桥上建廊，以廊护桥，桥廊一体"的古老而独特的桥梁样式。因形似彩虹，又称虹桥和虹梁式木构廊屋桥，因桥上建有桥屋，俗称"厝桥"。

康乃馨[1]

2012 年 5 月 23 日

凭赖生机昭秀娟,铺开好景众痴观。
仁人挚爱争夸色,孝子勤浇喜浚泉。
既秉娇柔长储贮,亦持珍重总萦环。
花颜清淡佳音报,富盛贤慈无尽端。

【注释】

[1]康乃馨:此花代表了爱、魅力和尊敬之情。红色康乃馨代表了爱和关怀。粉红色康乃馨传说是圣母玛利亚看到耶稣受难流下伤心的泪水,眼泪掉下的地方就长出了康乃馨,因此粉红康乃馨成为了不朽的母爱的象征。与玫瑰不同的是,康乃馨代表的爱较为清淡和温馨,适于形容亲情之爱,所以儿女多献康乃馨给自己的双亲。

春兰[1]吟

2012 年 6 月 3 日

妙韵清纯放异香,无求炫目自生光。
清柔熠熠超群质,细嫩娇娇脱俗妆。
叶色长呈鲜且翠,花容不啻白同黄。
风流面世天然贵,秀挺无欹美誉扬。

【注释】

[1]春兰：中国传统名花之一，各地多盆栽观赏。花叶有清肺除热、化痰止咳、凉血止血的作用。作为室内观赏用，开花时有特别幽雅的香气，全年均有花，故为室内布置的佳品，其根、叶、花均可入药。

步韵和张世才[1]先生《观云》

2012年7月6日

曼妙瑰奇幻景生，御风潇洒任穿行。

雄狮正舞欢听令，骏马将奔乐待乘。

絮卷悠悠红日醉，龙游滚滚碧山惊。

闲暇仰望从心愿，又见嫦娥下月星。

附张世才先生原诗：

观 云

水汽飘浮靠日蒸，因风而动绕地行。

腾空天马孙猴驭，越壁海龙哪吒乘。

电闪雷鸣操意纵，音听箸落备心惊。

幽云变幻实难测，设立专科看卫星。

【注释】

[1]张世才（1950—）：武汉市人，中专文化。翰墨空谷文学社副社长，

武汉未名社成员。擅长格律诗。《玫瑰的诗恋》诗歌散文集副主编,《翰墨空谷文萃》诗歌散文集副主编,《辛亥百年百韵》编著者。

放飞梦想

2013年5月5日

胸怀炽意千秋在,喜带诚情上岭巅。
遥对真纯无怨悔,近思雅洁有缠绵。
三生钦羡何堪易,四季连通必自延。
秉笔驱驰心气健,放飞梦想乐年年。

格律诗词叹

2013年6月5日

博苑文章千样美,奇葩格律一枝芳。
言开艳艳三春景,意蕴幽幽九里香。
莫道青年多远弃,当言国粹大弘扬。
本为学士皆能咏,岂止专家始可尝。

红豆[1]吟

2013年6月25日

色蕴鲜灵彩自浓,悠然载美绽殷红。

温柔意韵一方喜,珍贵花实四季恭。

耀焕吉祥遐迩绕,充盈眷恋古今同。

心形似火真情贮,盛赞祈福递爱功。

【注释】

[1] 唐朝诗人王维《相思》诗云:"红豆生南国,春来发几枝?愿君多采撷,此物最相思。"红豆产于南方,结实鲜红浑圆,晶莹如珊瑚,南方人常用以镶嵌饰物。传说古代有一位女子,因丈夫死在边地,哭于树下而死,化为红豆,于是人们又称它为"相思子"。唐诗中常用它来写相思之情。而"相思"不限于男女情爱范围,朋友之间也有相思。《相思》诗题一作《江上赠李龟年》,可见诗中抒写的是眷念朋友之情。

读《云天诗稿》[1]

2013年8月4日

记游写景谋篇巧,溯史评人持论宜。

妙笔吟成名将勇,精心述就状元奇。

胸襟豁朗神思健,韵律和谐气势巍[2]。

捧读犹如聆教诲，为诗务必奠雄基。

【注释】

[1]《云天诗稿》：王庆云于2003年出版的一部诗集。王庆云1953年2月生，安徽天长人，著有长篇小说《梅魂曲》、《新评幽梦影》、《蠋滞消食录》、《圣经故事咏》等。

[2] 葰（ruí）：草木花长得大，下垂的样子。这里指气势旺盛。

崇 文

2014年6月5日

诚欣雅愿铸芳魂，如雨霏霏荡滓尘。
不见莲荷矜韵致，焉疑菊桂美乾坤？
人间自有栽花手，苑里当无毁柳人。
尚俭崇文思进取，登堂入室喜临门。

微 博

2014年7月29日

洞明博海指成金，如电似雷惊世人。
莫以微言多细碎，当知要义贵精纯。
光芒总赖源头烈，色彩当凭板底新。

汉语功强词富庶，蕴含哲理载琴心。

嫦　娥

2014年8月28日

古月嫦娥[1]胜似仙，倾情演剧降民间。

弘扬传统呈精粹，喜下基层送乐欢。

改制迎难勤拓路，创新谋远勇开山。

长城内外千村住，眼见为实非误传。

【注释】

[1] 古月嫦娥：指胡嫦娥，女，国家一级演员。著名晋剧表演艺术家，太原市戏剧家协会副主席。以典雅的身段和娴熟的技艺，加上行云流水的声腔，形成了独特的个人表演风格。2004年，在文化体制改革大潮的推动下，胡嫦娥毅然离开太原市实验晋剧院，自筹资金成立了山西嫦娥梅花晋剧团。2011年剧团被山西省委省政府授予山西省文化体制改革先进单位。

今年8月嫦娥梅花晋剧团来托克托县演出，吃住在村里。县城"云中集贸市场"演出时，观众聚满市场，喝彩声、夸赞声不绝于耳。县城演出期间，剧团演职人员仍在村里吃住。

国庆抒怀

2014 年 10 月 1 日

今逢国庆几多欢,倾注浓情上笔端。
倍喜芳园呈典雅,欣观文苑绽娇鲜。
和诗聚粹歌邦盛,步韵交心祝庶安。
诚愿恒持十载后,根深叶茂耀骚坛。

圆梦文苑

2014 年 10 月 13 日

世间至美在芳园,热烈从容总惦牵。
入苑躬身一面笑,撷词抒志万般欢。
文心喜把华章酿,雅意诚期好梦圆。
但愿谱成金曲后,长织锦绣醉流连。

题《湖边春色》[1]图

2014 年 10 月 29 日

湖美洞桥圆,伊人柳下潜。
因何不露面,许是欲结缘。

盼月迎云上,折枝沐雨还。

春光无限好,莫待夏阑珊。

【注释】

[1] 诗友南茜所画。

聆听艺术家言

2014 年 11 月 7 日

内蒙古艺术家来托县采风,县里举行座谈会,我应邀参加。聆听艺术家们发言,深受启发。

盛意倾情共探研,作歌谱曲贵心虔。

专家妙点深层义,謦语直通巧技源。

传唱不衰因众喜,流行欲广借媒传。

耳闻细想循规律,艺术方得路远宽。

吟咏诗词

2015 年 1 月 7 日

爱难释手写读勤,面对诗词似友临。

日里得瑕即欲阅,心中有感遽思吟。

观书自比求仙好,品韵当如赏乐[1]欣。

倘若解开其中意,不为志士亦仁人。

【注释】

[1] 赏乐:欣赏音乐。

夏虹[1]美风景

2010年9月29日

挚友曾叮嘱,博园有夏虹。

言其信可赞,一道靓风景。

悉其遭不幸,心仰似劲松。

气韵显清灵,七彩耀宇空。

搜文看视频,间或博里寻。

世博展才艺,绝技动魄魂。

生命阳光馆[2],赞声啧啧频。

足胜手灵巧,确乃非凡人。

一路多不幸,步履印深痕。

七岁始龀际,遭难车祸逢。

失去双臂痛,更兼刺心灵。

其苦不能叙,童心岂可承?

痛定思学步,上学美愿萌。

脚趾练写字,苍天不负诚。

虽为凭灵性，更赖志有恒。

入校四年半，辍学坐家中。

理想颇远大，自学积深功。

《红叶》报端见，短诗启新程。

复于残运会，金牌三枚捧。

青春岁月美，人前脸羞红。

自卑渐消尽，乐观看人生。

及至廿一岁，终圆大学梦。

苦练一月后，处女画作成。

犹得学电脑，困难自重重。

不畏披霜雪，有志事竟成。

三江美术院，取得毕业证。

广告装潢课，苦学门门通。

永记陈伯伯，资助上学功。

一旦步社会，经历三辞工。

名义为残疾，居然令碰钉。

不公虽可咒，命运握手中。

诗作频发表，媒体紧相从。

更喜爱神箭，发自杜海龙。

言说看电视，节目留身影。

公司任编辑，供职于京城。

欣然结伉俪，相爱意从容。

开博连天下，抒怀述历程。

文字广交友，临屏述其情。

字字千金贵，与人广沟通。

励志争奋发，装点美风景。

生命多壮丽，举目看彩虹。

【注释】

[1] 夏虹：女，1977年生于黑龙江省绥棱县长山乡，7岁的时候遭遇一场意外的车祸，失去了双臂。凭着对人生梦想的追求和不懈的努力，在绘画、剪纸、体育、文学等方面均取得令人惊叹的成绩。

[2] 生命阳光馆：2010年上海世博会为了体现残疾人的尊严和价值，呼唤人道主义，促进残疾人事业发展，在世博会150多年的历史上首次设立残疾人综合馆"生命阳光馆"。

歌赞郭明义[1]

2010年6月25日

开怀放歌心潮荡，盛赞明义爱无边。

嘉品懿行溢芳香，高风亮节谱佳篇。

精魂熠耀真善美，人生放彩路长宽。

战士情怀雷锋志，甘做螺钉光灿然。

乐于助人亦自乐，宗旨铭心信念坚。

无愧党员军人誉，高瞻远瞩怀乐观。

部队生活五年度，六七师中苦为甘。

英模辈出大熔炉，百炼成钢做标杆。

退伍深铭连长嘱,敬业精技高峰攀。

服从大局六调岗,"最好"承诺始终延。

爱岗一路辉煌创,荣誉甚多难列全。

最是感人甘奉献,总言服务理当然。

十五年超五载量,公路管理业务专。

默默辛劳不计酬,披星戴月工作酣。

六万毫升二十年,无偿献血赞声传。

助学扶孤撑"希望",倾情救困善款捐。

累积出资十二万,欲问家境颇贫寒。

住房仅为四十米,一家三口俱欢颜,

精神富有梅竹韵,幸福花开小屋间。

甘愿为民当"傻子",总把感激视为泉。

修身尚德人品高,如莲似菊若玉兰。

炽意浓浓真情唤,一花引来万花鲜。

一朝闻于总书记,号召学习四海传。

【注释】

[1] 郭明义:全国道德模范,中共中央候补委员,全国总工会兼职副主席,中共十八大代表。1977年参军。1980年入党。1981年,郭明义从部队退伍回到鞍钢齐大山铁矿后,先后从事过6种不同的工作,从大型生产汽车司机到车间团支部书记,从矿党委宣传部干事到车间做统计员兼人事员,从英文翻译再到现在的采场公路管理员,无论在什么岗位上,他都以做到"最好"履行自己的承诺。

牡丹[1]吟

2010年8月25日

国色天香四海钦,芳菲国里堪为君。

天生丽质他花妒,原本高洁不自矜。

女帝则天曾震怒[2],抗旨傲立不随心。

江南水美赋灵气,北国绽放色泽新。

五彩夺人质似玉,花枝曼妙贵如金。

桃花妩媚无华贵,菡萏[3]纯洁少宿根。

冬梅耀眼雪中俏,并同秋菊俱躬身。

马兰自是姿容好,一比仍觉此花神。

雍容大度花开盛,甚爱洁雅秉幽深。

宜肥宜瘦总典雅,宜放宜收意盈春。

苑里百花虽夺目,独有此花最瑰珍。

可贵品格不畏暴,担当重任堪崇尊[4]。

【注释】

[1] 牡丹文化学,是中华民族文化和民俗学的组成部分,是中华民族文化完整机体的一个细胞,透过它,可洞察中华民族的一般特征,这就是"文化全息"现象。牡丹文化中所提供的文化信息,可以反映出民族文化的基本概貌,符合宇宙间的"全息律"。

[2] 女帝则天曾震怒:传说,一个隆冬大雪飘舞的日子,武则天在长安游

后苑时,命百花同时开放,以助她的酒兴,下旨曰:"明早游上苑,火速报春知,花须连夜发,莫待晓风吹。"百花慑于武后的权势,都违时开放了,唯牡丹仍干枝枯叶,傲然挺立。武后大怒,便把牡丹贬至洛阳。牡丹一到了洛阳,立即昂首怒放,花繁色艳,锦绣成堆。这更气坏了武后,下令用火烧死牡丹,不料,牡丹经火一烧,反而开得更是红若烟云,亭亭玉立,十分壮观。表现了牡丹不畏权势、英勇不屈的性格。

[3] 菡萏(hàndàn):古人称未开的荷花为菡萏,也作荷花的别名。

[4] 毛泽东生前非常喜爱牡丹,1935年率领红军经过两万五千里长征到达陕北革命根据地延安,在严酷的战争间隙,有一天带周恩来、朱德等去延安万花山赏牡丹,在牡丹丛中对身边人说:"这里是一幅天然牡丹图,一定要好好保护,等到全国解放了,可以在这里修建一座人民公园。"1950年冬的一天,毛泽东在中南海花园散步,走到牡丹跟前停下脚步,跟身边工作人员讲起武则天与牡丹的故事并意味深长地说:"年轻人要具有牡丹的品格,不畏强暴,才能担当起重任。"

品诗韵

2010年11月29日

品诗品韵品浓情,思山思水思虔诚。
渴慕田园种桂竹,心仰月宫奇幻生。
春去夏来赏彩霞,和风吹拂赏草荣。
奋力攀登不知倦,瑞气满山紫岭峰。

/ 人文美

琴音韶乐[1]

2011 年 3 月 11 日

看李天童[2]在国家大剧院演奏肖邦乐曲视频，感慨颇深。

我本自幼爱看戏，晋剧迷人美视听。
自学二胡自得乐，笛子风琴亦半通。
圣人闻韶肉味淡，我赏美乐甚怡情。
网上视频凝神看，琴音起处耳目惊，
钢琴音响秉独特，乐器之王负盛名。
恢弘雄壮偕高雅，肖邦乐曲少年呈。
国家剧院舞台大，技艺寻常谁敢争？
此曲优雅高难度，潇洒演奏显真功。
风度翩翩身手展，抑扬顿挫留金声。
今朝学练入佳境，明日途程放光明。
华夏钟灵毓秀地，古往今来出精英。
韶乐岂止圣人醉，平民闻之亦动情。
艺术魅力虽已具，驰远再求举旗旌。
覆去翻来看不倦，静想幽思成此评。

【注释】

[1] 韶乐：史称舜乐，起源于 5000 多年前，为上古舜帝之乐，是一种集诗、乐、舞为一体的综合古典艺术。春秋时期，韶乐在齐国盛行。公元前 517 年（鲁

昭公二十五年）孔子入齐，在高昭子家中观赏齐《韶》后，由衷赞叹曰："不图为乐至于斯！""学之，三月不知肉味。"《论语·述而》记载："子在齐闻韶，三月不知肉味。"

[2]14岁的李天童应中国广播电影交响乐团邀请在国家大剧院演奏肖邦第一钢琴协奏曲，他是国家大剧院演奏这首乐曲年纪最小的一位。

满庭芳·乔家大院[1]

2006年7月

画栋雕梁，青砖圆瓦，曾存瑰宝连城。游人接踵，进退"喜"门庭[2]。何以当年富贵？兴衰史、自显其情。思深理，智勤志境，俱备业方成。

高风不纳妾，家规恪守，代代传承。且遵循、投资忌介经营。聚敛金银有道，襟怀阔、奋力前行。而今是、时移世易，亦可取其经。

【注释】

[1] 乔家大院：位于山西省祁县乔家堡村，是清代商业金融资本家乔致庸的宅第。始建于清代乾隆年间，以后曾有两次增修，一次扩建，于民国初年建成了一座宏伟的建筑群体，体现了中国清代北方民居的典型风格。1985年，当地政府在古宅的基础上建成了祁县民俗博物馆；1986年11月1日开馆，正式对外开放；2001年，乔家大院被国务院命名为全国重点文物保护单位，并且被国家旅游局评定为AAAA级旅游景区。

[2] "喜"门庭：俯瞰乔家大院，可看到房屋构成一个"喜"字院落。

鹧鸪天·瞻仰萧红故居

2007 年 7 月

不计心灵曾受伤,从无抱怨运乖张。长思烂漫儿时乐,人走天涯恋故乡。情胜火,志如钢,平生气韵永流光。今来瞻仰由衷叹,青瓦神明凝瑞祥。

忆江南·春

2010 年 4 月

阑珊夜,困倦上床眠。梦里春莺亲翠柳,醒时丝雨润新园。飞燕唤窗前!

蝶恋花·叹古代四大美女四首

2010 年 4 月

西 施 [1]

澈水缘何迎丽面,一似吴王,见美神魂念?慨叹若将娇媚献,即伤洁雅身逢患。

道是人间民主慢,受辱承欢,竟颂强行恋。世上文人着意撰,传承效法焉堪赞!

【注释】

[1] 西施：原名施夷光，春秋战国时期出生于浙江诸暨苎萝村，天生丽质。时越国称臣于吴国，越王勾践卧薪尝胆，谋复国。在国难当头之际，西施忍辱负重，以身许国，与郑旦一起由越王勾践献给吴王夫差，成为吴王最宠爱的妃子，把吴王迷惑得众叛亲离，无心于国事，为勾践的东山再起起到了掩护作用，表现了一个爱国女子的高尚思想情操，后吴国终被勾践所灭。传说吴被灭后，西施与范蠡泛舟五湖，不知所终，一直受到后人的怀念。西施是中国出名最早的"四大美女"之一。

王昭君[1]

不畏途遥身赴远，举目云天，瞩望翔空雁。原本娇颜呈丽艳，未行贿赂靡为现。

陷入深宫千万万，延寿钻刁，元帝终存怨。既诏方为惩墨砚，嫱从大义千秋赞！

【注释】

[1] 王昭君：名嫱，中国古代四大美人的"落雁"，西汉南郡秭归人。因有倾国倾城之貌，被选入宫，却因不贿赂画师毛延寿沉寂后宫。后应召和亲，始为汉元帝所知，元帝悔之晚矣。昭君出塞，远嫁匈奴呼韩邪单于，促进汉匈两族团结，成为千古美谈。

貂　蝉[1]

乱世姣花人慕羡，计设连环，义助除奸患。贼卓调情其子艳[2]，含悲忍辱将身献。

佳丽从来眉不展，本自无愆[3]，权益谁曾捍？故事胡编当厌倦，且将美色重评判。

【注释】

[1] 貂蝉：小说《三国演义》中的虚构人物，《三国志》没有记载。中国古代四大美人之一。

在小说中，貂蝉是司徒王允家的歌女。为了拯救汉朝，王允授意貂蝉施行连环计，明许董卓，暗许吕布，使董卓、吕布两人反目成仇，借吕布之手除掉了恶贼董卓。之后貂蝉便成为吕布的妾，随吕布来到徐州。下邳一役后，吕布被曹操所杀，貂蝉跟随吕布家眷前往许昌，从此不知所终。

[2] 艳：羡慕。

[3] 愆（qiān）：罪过，过失。

杨玉环

不讳人伦嫌漏慢，本乃儿媳，岂可魂惊艳！便是倾城人尽眷，何能造孽成天伴？

无怪红颜生慕恋，富贵荣华，较比终从愿。害理伤风沉混乱，马嵬坡下孤魂唤。

沁园春·华贵小区

2010 年 5 月

盛世逢春,巧绘区图,美誉远扬。喜津都鼎苑,繁华润色;沁园绣景,绮丽生光。人贵和谐,形昭典雅,户室楼庭盈瑞祥。得闲日,赏喷泉雕塑,意韵悠长。

质优溢彩流光,一体化经营运作良。正船头挺立,乘风破浪;驹身俯坐,挥策兜缰。驾驭新潮,领今时尚,有赖专诚业自昌。勤探索,创家居上品,夺目辉煌。

沁园春·博中寻益

2010 年 6 月

欣对荧屏,点键击标,寄语网前。喜春风惠雨,秋阳玉露,诗情澎湃,意韵延绵。五彩花馨,千泉水澈,浸润心田视野宽。何堪惰,尽微薄之力,勤灌芳园!

得闲总欲游观,见精粹凝神品味酣。鄙才思钝滞,见识短浅;急功近利,贪逸求安;纸醉金迷,横行恣肆,皆似昙花开放间。恒不变,到博中汲取,裨益天天。

和洛城夜雨《桂枝香·桂花》

2010年7月

盈香溢翠，正靓绽仙容，嫩放丹蕊。堪媲春桃鲜色，迎空妩媚。千红万紫皆歆羡，乐舒枝、花繁斜坠。叶凝浓绿，风华飘逸，有谁不醉？

喜广宇、风和雨惠，看山水清秀，诚欢秋岁。灿烂光仪熠耀，雅幽名贵。浓情甘愿竭冰魄，舞仙姿、无怨无悔。月娥欣赞，超群卓立，圣洁何愧？

附洛城夜雨词：

桂枝香·桂花

层层叶翠，更簇簇金黄，露湿清蕊。不与春红争艳，御霜沉醉。天香总是姮娥散，夜深深、幽芳子坠。月移花影，伫听桂雨，怅怀谁慰？

最堪悲、名心烈炽，对暗香黄粟，孰叩生意？休道桃花能悟，有谁同慧？此中消息应无隐，恰灵犀、一点知味。夜庭空静，轻拈微嗅，浊心如洗。

忆江南·夏

2010年7月28日

风光好，绿意总缠绵。喜酿和柔存雅意，当留纯韵对新颜。欣看景翩翩。

钗头凤·虎

2011年1月21日

虎年将去,兔岁即临,思动物园之虎而咏。

身形伟,皮颜美,制衡生态功勋累。闲方寐,惊将恚。尔身皆宝,兽中之最。贵!贵!贵!

携祥瑞,呈骄斐,信为朋友焉能毁?人和惠,猛离退。恭良憨态,爱而毋畏。对!对!对!

桂枝香·元宵夜

2011年2月17日

观元宵景,由衷欣喜,遂成此词。

观星望宇,正热闹元宵,满街人乐。焰火升天报信,喜狂今夜。嫦娥桂树香间伫[1],看空中、彩花开谢。骋怀如见,蟾蜍[2]盈笑,尽情欢悦。

慕苦恋、尝思拜月。若痴汉说梦,徒言盛烈。此际灯笼最美,更嗟明灭!我言艳丽孰堪比,醉词迷韵志犹铁。岂得违愿,素来总是,意真情切。

【注释】

[1] 后羿射下九个太阳,受到百姓的尊敬和爱戴,不少志士慕名前来投师

学艺。奸诈刁钻、心术不正的逢蒙也混了进来。后羿向王母求得一包不死药，交于嫦娥保管。后羿恶徒逢蒙趁后羿外出逼迫嫦娥交出不死药，嫦娥危急之时吞下不死药，不多时便飘离地面，飞落月亮上成了仙。后羿回家寻妻不得，捶胸顿足，仰望月亮千呼万唤嫦娥名字。他的呼唤惊动了上天，见皎洁的月亮上，果然出现嫦娥的身影。后羿急忙摆上香案，放上她平时最爱吃的蜜食鲜果，遥祭在月宫里的嫦娥。而百姓们闻知嫦娥奔月成仙的消息后，也纷纷在月下摆设香案，遥祭嫦娥。后来月母被羿的真情所打动，允许嫦娥在月圆之日与羿在月桂树下相会。从此，中秋节拜月的风俗便在民间传开了。

[2] 蟾蜍（chán chú）：这里代称月亮。

忆秦娥·博园

2011 年 5 月

天云约，送来秋雨花何落？花何落，娇颜美艳，色彩斑驳。

芳园多是阳光烁，晴空高远人欢乐。人欢乐，沁香丹桂，环绕亭阁。

一七令·醉诗

2011年5月8日

欢，

月下，屏前。

一万句，九千篇。

无怨无悔，有恩有缘。

本从心里醉，长在梦中牵。

今岁岂堪止步，未来当自开颜。

水流折转总归海，意韵澄明可媲天。

步烟雨三湘《鹧鸪天·寄语诗赋网》韵

2011年8月

宇下奇葩此聚多，流鲜溢雅耐研磨。深情恭仰风骚领，碧玉不求铜铁阿。
俦竹节，望荷波，盈香滴翠酿成歌。神州兄弟同浇灌，土沃枝繁果硕么？

附烟雨三湘词：

鹧鸪天·寄语诗赋网

岁月留情此地多，霜花秋水任消磨。骚风在手何须借，秀色于心不必阿。
倾碧血，濯清波，百年诗赋一支歌。如今故旧闻音至，古韵三千待甚么？

和林芳兵卜算子《竹》《梅》《云》《海》四首

2011年11月3日

竹

秀挺望湖波,迎柳情怡俏。甚喜枝身润雨中,劲健从不傲。
云散愈清新,亮节天光抱。雅境空心自从容,远拒浮同躁!

梅

天赋傲霜情,凛气难摧秀。雪魄冰魂淡雅香,蜂蝶无缘嗅。
风曳舞仙姿,日映迎杨柳。待到春光烂漫时,静立欣昂首。

云

水质秉婀柔,神秘浮空宇。百变何曾气韵移,笑望潇潇雨。
烈日喜相陪,瑞雪欢铺聚。怒对雷霆思风至,灾祸焉堪觑。

海

一望阔襟怀,再赏情难阻。迎面波涛口大张,快悦何思苦?
疾速觅舟船,喜荡逍遥渡。不畏艰辛自有欢,临浪神如故。

附林芳兵词：

竹

淑影伴溪桥，剑雨疏风俏。高挑云霞鹤立松，玉骨贞心傲。
志远不添骄，鸣谷虚怀抱。浊世俗尘拒染容，藐视浮华躁。

梅

洁蕊挂霜柔，傲朵寒枝秀。卧雪依冰媚笑眸，依吐馨香嗅。
清品驻心头，冷韵含眉柳。淡定人生酷与磨，何惧冬回首？

云

曼妙舞轻姿，潇洒游天宇。飘逸随风聚或离，俯览晴和雨。
物换斗星移，秋雁南飞去。展卷追寻智若愚，谁悟失同取？

海

浩淼望无边，劲涌奔难阻。凭任狂涛怒浪浊，笑对辛和苦。
怀阔纳溪丘，腑量船帆渡。承载悲欢过与功，依旧从容故。

一七令·诗

2011 年 11 月 15 日

诗，

尚雅，钟思。

如酿酒，似烧瓷。

程序毋乱，色泽必齐。

贵真情美愿，鄙假意骄辞。

堪咏世间壮举，可吟苑里娇枝。

自当抨击少仁义，最忌嘲讽有土泥。

忆江南·冬

2011 年 12 月 8 日

时光转，昼短日偏南。皓月清光寒意浸，嫦娥无悔盛情绵。不必暖楼间。

清平乐·秋韵

2012 年 10 月 24 日

长空云乱，碧草风亲遍。林果欣欣昭灿烂，淡静青松醉恋。

悠然四溢馨香，临冬熟韵珍藏。盛景幽深旷远，光鲜熠熠无疆。

浪淘沙·赏枫照

2013 年 10 月

凝目赏枫红,丽影金风。娇姿照外醉心同。垂柳亦将相媲美,意盛思浓。

寻静仰高峰,细辨西东。诗情涵蕴雅怀中。似火熊熊燃不尽,何可潜踪?

一七令·青松

2013 年 12 月 17 日

松。

挺屹,葱茏。

身有限,景无穷。

新叶浓密,老根壮雄。

处山川盛旺,居壑谷熙隆[1]。

材质硬坚饮誉,势能强劲争功。

可为梁栋人皆赞,实乃佳良谁不崇?

【注释】

[1] 熙隆:兴盛。

/ 人文美

江西省南昌市"八大山人[1]"梅湖景区

画水画山，画鸟画鱼，随心所欲大师笔，传扬四海；
察今察古，察人察世，写意而成中国风，光耀千秋。

——（入围）

【注释】

[1] 八大山人：名朱耷，江西南昌人，明末清初画家、书法家，清初画坛"四僧"之一。原为明朝王孙，明灭亡后，国毁家亡，心情悲愤，落发为僧，他一生对明忠心耿耿，以明朝遗民自居，不肯与清合作。他的作品往往以象征手法抒写心意，如画鱼、鸭、鸟等，皆以白眼向天，充满倔强之气。其绘画对后世影响极大。

江苏省南京市纪念郑和下西洋[1]

十万里惊涛骇浪，永记英雄排险路；
六百年沧海桑田，深钦勇士创新功。

——郑和纪念馆（入围）

异宝藏先驱智慧，开后人眼界；
奇珍寄赤子忠诚，启来者心扉。

——珍宝馆（入围）

【注释】

[1] 郑和：云南昆阳（今昆明市晋宁县）人，回族，出生于1371年（明洪武四年）。本姓马，原名马和，一说马三宝（或三保）。1381年（洪武十四年）冬，明朝军队进攻云南，马三宝10岁，被掳入明营，被阉割成太监，之后进入朱棣的燕王府。在靖难之变中，马三宝在河北郑州（在今河北任丘北，非河南郑州）为燕王朱棣立下战功。1404年（永乐二年）明成祖朱棣认为马姓不能登三宝殿，因此在南京御书"郑"字赐马三宝郑姓，称为郑和，任为内官监太监，官至四品，地位仅次于司礼监。1431年（宣德六年）钦封郑和为三保太监（亦作三宝太监）。1405年（永乐三年），郑和率领庞大船队首次出使西洋。自1405到1433年，在漫长的28年间，郑和船队历经亚非三十余国，涉十万余里，与各国建立了政治、经济、文化的联系，完成了七下西洋的伟大历史壮举。

江西省抚州市临川区

史耀光辉，民泽雨露，临川文化名天下[1]；
群星灿烂，旭日升腾，盛世蓝图惠域中。

【注释】

[1] 临川文化名天下："名儒巨公，彬彬辈出，不可胜数"，"临川才子"是"临川文化"的得意之笔。自古以来，临川才子之多为世人瞩目。"临川文化"区内乐安流坑"千年古村""子男双封爵，文武两状元，参政代天子，师保五六人，一门十进士，两朝四尚书，进士五十二，知县四十多，乡举百六余，会解监元群，乡贤祀十二，秀才如繁星"的记述，就是临川才子大量涌现的生

动写照。据有关资料统计,自宋而清,仅临川(抚州)进士及第者即有2000余人,涌现了举世瞩目的才子群体。王安石、汤显祖、曾巩、晏殊、晏几道……就是临川(抚州)古代才子群体中的佼佼者。

陕西省西安市灞桥区

国计当先,民生为上,文帝盛德千古盛;
俭约垂范,豁朗超群,霸陵清气万年清。

——汉文帝霸陵(入围)

把酒闲聊史,为薄赋轻徭喝彩,尤钦文帝[1]临朝,
　　奋力图强,万民欢乐邦趋盛;
观光敬谒陵,因廉陪简葬动容,更喜清风拂境,
　　尽情润绿,千景和谐业向荣。

——汉文帝霸陵(入围)

【注释】

[1] 文帝:汉文帝刘恒(前202—前157),汉朝的第三代皇帝,高祖刘邦第三子,汉惠帝刘盈之庶弟,母薄姬。刘恒初被立为代王,建都晋阳。惠帝死后,吕后立非正统的少帝。吕后死,吕产、吕禄企图发动政变夺取帝位,刘恒在周勃、陈平支持下诛灭了诸吕势力,登上皇帝宝座,是为文帝,在位23年。与子景帝共建"文景之治"。

汉文帝在位期间,是汉朝从国家初定走向繁荣昌盛的过渡时期。他继续

执行与民休息和轻徭薄赋的政策,大大减轻了农民的负担。他还亲自耕作,做天下之表率,对当时农业生产的迅速恢复与发展,起了积极的推动作用。他反对厚葬,其坟修在长安附近的灞水旁边,称作霸陵。修筑时顺着山陵形势挖掘洞穴,不再加高,陪葬品全用陶器,不用金银等贵重金属。他还主张死后把夫人以下的宫女遣送回家,让她们改嫁。后元七年(前157),病死于长安未央宫,庙号为太宗,谥文帝。其子刘启继位,即景帝。

陕西省西安市华清池[1]

望景而思,陇地山雄堪励志;
伫亭以望,渭河水丽甚怡情。

——望河亭(入围)

治水忠魂慈善目,千秋熠熠;
陪王勇将挚诚心,万古拳拳。

——禹王庙(入围)

【注释】

[1] 华清池:亦名华清宫,位于西安东约30公里的临潼骊山北麓,是中国著名的温泉胜地。1982年华清池被列入中国第一批重点风景名胜区,西安事变旧址五间厅被列为中国第二批重点文物保护单位。1996年,国务院公布唐华清宫遗址为中国第四批重点文物保护单位。

/ 人文美

山东省章丘市清照词园[1]

舫周姹紫嫣红，鲜容夺目争夸口；
画里佳滩秀木，盛景催人喜驻足。

——花区画舫联（入围）

品茗品句品人生，品清香美韵；
说景说词说史迹，说雅意高风。

——月区高档茶社（入围）

【注释】

[1] 李清照（1084—1155）：济南章丘（今属山东）人，号易安居士。宋代女词人，婉约词派代表。早期生活优裕，与夫赵明诚共同致力于书画金石的搜集整理。金兵入据中原时，流寓南方，境遇孤苦。所作词，前期多写其悠闲生活，后期多悲叹身世，情调感伤，也流露出对中原的怀念。形式上善用白描手法，自辟途径，语言清丽。论词强调协律，崇尚典雅，提出词"别是一家"之说，反对以作诗文之法作词。能诗，留存不多，部分篇章感时咏史，情辞慷慨，与其词风不同。有《易安居士文集》、《易安词》，已散佚。后人有《漱玉词》辑本。今有《李清照集校注》。

章丘市"清照词园"，西起荷花公园，东至环湖东路，北起济青路，南至百脉泉公园，将山、泉、河、湖、城彼此连接、相互交融，勾勒出一幅既相互独立又整体交融的山水画卷。清照词园主要包括"风、花、雪、月"四大景区。

中华宰相村[1]

域中宰相频出此,群贤勇进,斗转星移千秋耀;
湖上荷花笑映之,九凤环拥,云蒸霞蔚百业兴。

——中华宰相村(入围)

铁马金戈,守城平乱,阅史有钦裴姓氏;
文韬武略,镇远安国,膺勋无愧大将军。

——将军府(入围)

【注释】

[1] 中华宰相村:即山西省闻喜县礼元镇裴柏村,距县城25公里。它以历史上声名显赫的裴氏家族的人文历史资源和新建的一系列景观闻名。山西省闻喜县,春秋战国时为古曲沃地,秦为左邑,属河东郡。汉武帝刘彻巡幸河南,路经河东左邑桐乡,闻平南越大捷,遂改桐乡为闻喜。山西闻喜,是著名的宰相之乡。

山西省太原市"傅山杯"[1]征联

中华文化奇峰,巍巍百代;
思想宗师大智,熠熠一生。

——牌楼联(入围)

逝岁磨不去思想光辉万丈，青竹永翠；

金风送过来人文关注一腔，霜叶鲜红。

——山门联（入围）

【注释】

[1] 傅山（1607—1684）：初名鼎臣，改名山。原字青竹，后改青主。别号有公之他、石道人、丹崖翁、不夜庵主、浊堂老人、朱衣道人等多达三四十个。山西太原市尖草坪区西村人。傅山是明清之际卓越的启蒙思想家和人文主义者，是中华文化杰出的继承者和发扬者。他思想开放，人格高尚，博学多才，具有融汇创新精神和民主民本意识。他对经史、诗文、书法、绘画、音韵、金石、考据、杂剧以及医学等均有深入研究和独到见解，并取得广泛而罕见的多方面成就，被称为"17世纪中国思想文化界的一座奇峰"，素有"百代宗师"之称。傅山威武不屈、贫贱不移的高尚情操，400年来一直受到世人的尊崇。

江苏省南通市文天祥祠[1]

正气润丹心，热血一腔成碧玉；

名贤泽胜境，崇川千里仰归亭[2]。

——（入围）

人持正义荣，祠奉忠节盛，长萦瑞气；

文胜山峰峻，志超钢铁坚，永耀金光。

——（入围）

【注释】

[1] 文天祥：字履善，号文山，南宋德祐二年（1276）任右丞相。1278年元兵进犯，奋力抗元，后兵败被俘，掳至大都，囚禁在兵马司土牢达四年。文天祥面对元统治者的软硬兼施、恩威并用毫不动摇，誓死不降，在狱中写下了千古不朽的《正气歌》，表现了他的民族气节。

北京文天祥祠：又名文丞相祠，坐落在东城区府学胡同63号，是南宋民族英雄文天祥当年遭囚禁和就义的地方。1376年（明洪武九年）建祠，现存大门、前殿、后殿。

江心寺文天祥祠：位于浙江温州江心屿。祠建于1482年（明成化十八年）文天祥就义200周年，占地面积821平方米。

信国公文天祥祠：位于深圳南山区南头城现中山东路15号，是清嘉庆年间为纪念民族英雄文天祥修建的一座祠堂。这座具有纪念意义的古迹，是南头城中保存最为完整并规模最大的古建筑。

南通文天祥祠：位于南通市东华塔陵园东侧。

[2] 归亭：指文天祥南归渡海亭。

河北省张家口一中九秩校庆

一份爱心，求张弛有秩，于李艳桃芳中举庆；
九层垒土，致遐迩闻名，在校荣市耀下前行。

——散嵌"张家口一中九秩校庆"，获三等奖

/人文美

黑龙江省肇东市文代会

一代文心默契，肇创新园甜草植；
十年会帜高擎，勤犁沃土好苗兴。

——（入围）

华夏风光收眼底，凝成杰作；
肇东气韵润心头，炼就方家。

——（入围）

江西省广昌市"国际莲花节"[1]

广盛馨香，荟萃精华，长鲜典雅高洁质；
昌明文化，繁荣经济，永灿清纯美丽魂。

——（入围）

【注释】

[1] 江西省广昌市"国际莲花节"前称是"中国白莲节"，1992年举办首届中国白莲节后，把节庆名由"中国白莲节"改为"国际莲花节"，每年6月8日至8月8日举办。

吉林省长春市图书馆

面向人民,别开生面,靓面铺排供雅境;
情牵社会,一往深情,真情贯注孕和风。

——获二等奖

入馆研读,如坐春风,满目图书无价宝;
供人览阅,似播瑞雨,多情文字有光珠。

——获三等奖

江苏省无锡市无锡图书馆

文山润德,读者图书情不断;
化雨滋情,作家卷帙价长存。

——(入围)

学海无涯,书山有路,学习锺书好榜样;
思泉有本,理地无荒,思研树理美文章。[1]

——(入围)

【注释】

[1]"锺书"、"树理"均为双关义,含"钱锺书"、"赵树理"两个人名,

又分别是"钟爱书籍"与"树立理念"之义。

湖北省荆门市"第八届中国艺术节"

　　景联相映，园流诗意兰菊韵；
　　山水共欢，泉唱龙魂锦绣程。

——（入围）

内蒙古鄂尔多斯"奇石古玩城"

　　石韵神奇昭雅意，
　　珍玩古朴醉贤人。

——（入围）

中央电视台《佳联妙对贺新春》

　　佳偶天成，成天做佳偶；【原出句】
　　真情面对，对面诉真情。【应对句】

——获一等奖

平遥票号

2006年7月3日晚

晋商文化九州钦,盛世平遥古韵新。

票号经营诚至上,星移斗转撼人心。

嘲 病

2006年8月9日

一病门前鞍马多[1],平生偶遇不蹉跎。

从来未见横床卧,必自皆为任意说。

九路兵丁齐致意,三方将帅尽询疴[2]。

人情冷暖难知底,送往迎来逐世波。

【注释】

[1] 一位领导干部得病后,送礼者借探望之机大行贿赂。

[2] 疴(kē):病。

咏竹四首

2007 年 4 月 10 日

晴　竹

滴翠向明空，匝周碧草荣。
清波犹慕秀，丽日映谦恭。

风　竹

凭虚对骤风，直立自天成。
叶落身长挺，根坚迎绕藤。

雨　竹

潇潇雨至时，人去何慢迟？
好自观佳景，还因恋笋枝。

雪　竹

晨迎寒岁雪，皑皑野茫茫，
松与遥相望，催梅放异香。

赏 玉

2008年6月6日

个中[1]为上品，夺目见真形。

滑润微瑕疵，和柔盛俏灵。

天然佳气韵，自乃丽颜容。

佩戴荣光灿，珍藏贮厚情。

【注释】

[1] 个中：此中，这当中。

端午寄言

2008年6月8日

时将端午纵情怀，韵递真情细剪裁。

莫以失衡[1]徒叹惋，还当向善不悲哀。

龙舟可载和谐愿，诗律堪登正义台。

倘使屈平今尚健，思泉喷涌飒然来。

【注释】

[1] 失衡：失去平衡，指社会风气不正。

命 运

2009年3月7日

原本迷蒙降世来,空明[1]禀赋慧心开。

他究诡异[2]寻神理,尔探幽微看事胎。

命运当由双手握,功衣必赖一灵裁。

途程印迹回头看,步履坚实喜满怀。

【注释】

[1] 空明:形容心性洞澈(清澈,了解透彻)而灵明。

[2] 诡异:指很悬巧、很令人惊讶奇怪迷惑的事。

读《蒙牛内幕》[1]四首

2009年9月5日

捧读此书,敬老牛[2],服蒙牛,托诗志感。

一、散财聚人

散聚人财韬略深,运筹帷幄定乾坤。

高瞻远瞩创基业,火箭腾空环宇巡。

二、草原旋风

狼唊黄羊鹰逮兔,草原活命须捷速。
蒙牛奏响旋风歌,六岁驰名基业固。

三、惜别伊利

功臣一旦声威大,即成钉刺欲除拔。
惜别饮痛不怀恨,冷遇皆归体制夹。

四、有无辩证

从无到有驰思远,从有到无怀志宏。
辩证有无哲理畅,一经回返大无穷。

【注释】

[1]《蒙牛内幕》:张治国和孙先红合撰。书中首次披露蒙牛集团从零起步,产量6年增长292倍,一跃成为中国成长企业百强之冠!只有六七岁的蒙牛,经受了太多的磨难,创造了太多的光荣。

[2]老牛:指牛根生,他于1999年创立蒙牛集团,使蒙牛成为乳业的后起之秀,"蒙牛"以出色的营销手段实现了快速增长。企业崛起后,他逐步由企业家转型为慈善家。2009年8月,牛根生辞去蒙牛集团董事长职务,成为专职慈善家。

咏 虎

2010年2月19日

啸宇声威猛势生,巡山万类尽魂惊。

斑斓美彩当钦爱,矫毅雄姿应赞评。

莫道兴风无好意,应知上轨有柔情。

思它回顾於菟[1]状,便晓原来秉善诚。

【注释】

[1] 於菟(wūtú):老虎的别称。

春光曲

2010年4月30日

雅境当由勤手造,青天丽日意逍遥。

柳迎浩浩春风剪,禾盼潺潺溪水浇。

喜鹊登枝传喜报,新园绽蕾孕新桃。

耕耘甘愿三更起,茹苦开通致富桥。

西瓜咏

2010年8月5日

浑圆韵致自应怜,目视娇容令诞涎。
滴翠一身怀抱喜,呈红数瓣口尝鲜。
诚能解渴送清爽,亦可美容增丽妍。
成熟瓤新非必好,当须优质秉纯甜。

反思舟曲泥石流灾害[1]

2010年8月10日

天公暴怒施魔力,危害同胞令痛心。
郁郁山因长锯毁,汹汹流带乱石临。
汶川被难曾惊魄,玉树遭灾复裂魂。
防止当思从本起,方堪减免祸加身。

【注释】

[1]2010年8月7日22时许,甘南藏族自治州舟曲县突降强降雨,县城北面的罗家峪、三眼峪泥石流下泄,由北向南冲向县城,造成沿河房屋被冲毁,泥石流阻断白龙江形成堰塞湖。

以前舟曲山上多是郁郁葱葱的大树,很少发生泥石流,由于乱砍滥伐和毁林开荒之风盛行,舟曲周围的山体变成了光秃秃的荒山,全县森林面积每年

以 10 万平方米的速度在减少，植被破坏严重，生态环境遭到超限度破坏，水土流失极为严重。又遇突如其来的强降雨，导致较严重的泥石流发生。

淡　静

2010 年 8 月 14 日

酒绿灯红难引诱，身融博苑度休闲。
穿行曲径遵规尺，观赏鲜花鄙媚颜。
总是抒怀情故往，不图摘果喜加添。
人求淡静青春驻，怀坦思幽志气延。

咏竹三首

2010 年 8 月 22 日

一

身直心空不盛装，平生凭节羡苍筤[1]。
幼呈鲜嫩喜春雨，壮秉柔坚迎夏阳。
淡雅自招幽境爱，清新不畏烈风张。
秋来装点好风景，冬日犹堪美誉扬。

二

外直亭亭披淡装,梅兰景仰喜沧浪。

疏枝每曳风前影,灵叶欣迎雨后阳。

不与莲荷争艳丽,只同杨柳比舒张。

从无怨悔终持韧,有节心空名远扬。

三

挺秀空灵恶艳装,亭边岸上映仓浪。

骚人诗叹虚心美,雅士情欢劲节强。

风袭不弯宁可折,雨滋即旺亦无张。

性刚质韧存恒久,饮誉一生名盛扬。

【注释】

[1] 苍筤(cānglāng):青苍色,多指竹。《吕氏春秋·审时》"后时者,弱苗而穗苍狼",清毕沅辑校:"苍狼,青色也。在竹曰'苍筤',在天曰'仓浪',在水曰'沧浪'。"

空谷咏

2010 年 9 月 2 日

仰慕峰峦峻峙排,兴荣草木是情怀。
洪流冲入从容纳,乱石抛来淡定埋。
傲秉空灵昭静谧,恒呈豁朗远狂乖。
阴风猛袭逍遥度,不畏寒霜与雾霾。

恒

2010 年 9 月 10 日

滴水穿石凭日久,不专方向亦将空。
平心静气悠悠意,苦志凝情熠熠功。
渠水引来浇地利,岸桥连就贯途通。
勋劳自赖持恒备,喜度春秋与夏冬。

鸿鹄咏

2010 年 9 月 15 日

茫茫宇宙广无边,岂乃区区可测端!
自喜苍天悬丽日,尤钦绿地映晴岚。

勇穿迷雾冲霾劲,欣上征程拓路宽。

奋翼翔空神韵美,精魂裕后复光前[1]。

【注释】

[1] 精魂裕后复光前:精魂,这里指鸿鹄之志向与精神。光前,光兴前业。裕后,恩泽传及子孙。成语有"光前裕后",指增光前代,造福后人。

咏　山

2010年9月15日

巍然屹立傲苍穹,广阔平原衬壮宏。

水润其身灵韵绕,花开此境美颜呈。

若无林木增生气,焉有岭峰昭丽容。

雾罩云遮萦梦幻,风来雨霁映霓虹。

嗜　书

2010年10月5日

偏嗜诗书他趣无,察今鉴古乐研读。

金钱多聚非祥兆,不若冰心在玉壶。

雏 鹰

2010年10月12日

雏鹰怀志学鹏鸟,奋翼苍穹起点高。
破雾搏风不转向,追云沐日总思巢。
飞行远路终无憾,直面艰程自有招。
浩气豪情堪点赞,驰名载誉勿矜骄。

比

2010年10月29日

敬看恭听探本因,取长补短务虚心。
傲情远弃多得益,美德诚修大敞襟。
山外有山抬眼望,夜间无夜用心寻。
今朝若不怀谦意,难使襟宽浩志存。

祝任我行生日大吉【藏头诗】

2010年11月23日

祝福今来似细涓,
任由流去向荷莲。

/道义尊

我钦文采昭芳德,
行作楷模呈丽篇。
生趣时时留雅静,
日华处处映良贤。
大仁铸就高风在,
吉水长流沃土田。

任我行原诗:

答谢为我送上祝福的人

片片诗笺润我心,殷殷贺语贵如金。
高朋满座辉蓬荜,热泪盈眶费袖襟。
网络相逢诸诤友,人生幸会几知音。
情来谢客同骚赋,兴至酬君共醉吟。

咏　雪

2010 年 11 月 18 日

天空漫舞雪纷纷,降瑞催春动魄魂。
落地刷新宏宇宙,迎晴映美淡烟云。
肌肤悦目容颜雅,韵致宜人意态匀。
覆盖山川昭静秀,冰心玉色总清纯。

劲松咏

2010年11月22日

苍翠挺坚根劲壮,高峰邃壑喜躯强。
临冬焉会除青色,降雪悠然放异香。
情韵长盈金玉质,容颜尽显铁铜光。
精魂不朽寒何畏?无愧人夸好栋梁。

咏　梅

2011年1月9日

择地一隅即是家,苦寒无怨信堪夸。
冬来俏秀清香溢,雪降娇柔美韵匝。
莫道芳容洁易玷,应知丽质雅难拔。
适时绽蕾迎风立,傲挺仙姿耀玉华。

步韵和马鸿父《梅》《兰》《菊》《竹》四首

2011年1月19日

梅

不学百卉慕春歌,傲雪迎风苦炼磨。
只待暖流回大地,相逢一笑乐如何?

兰

荣膺淡誉素为妆,秉贵唯求美韵长。
不向铅华寻妩媚,天姿曼妙喜山乡。

竹

节自生来无易变,拔高兀自是琅玕[1]。
仁贤仰慕非为矫,诚服气正伴琴弦。

菊

秋高独向白云笑,细雨飘来喜作标。
一意和衷求共美,丰姿载韵应新潮。

马鸿父[2]**原诗：**

梅

独立冰岩发浩歌，朔风凛凛剑横磨。
可怜万卉昏昏睡，欲斡[3]春回舍我何？

兰

清颜素玉胜浓妆，淡淡幽香逸韵长。
笑彼名花迷市井，何如云壑是仙乡？

竹

怪杰鬼才青眼看，清高谁似玉琅玕？
独怜摩诘琴声杳，且拂流泉入管弦。

菊

一句东篱笑姓陶，濂溪无意点孤标。
山村隐逸留清气，不与黄生去逐潮。

【注释】

[1] 琅玕（láng gān）：传说和神话中的仙树，果实似珠，比喻珍贵、美好之物。

[2] 马鸿父：本名王淼琛，马鸿父是其笔名，生肖属马。广东普宁潮来港村人。中学语文高级教师，原普宁一中校长。铁峰诗社、揭阳诗社社员。中华诗词学会会员。著有《王淼琛诗文集》

[3] 斡（wò）：旋转，扭转。

虎气祥云伴逝年五首【轱辘体[1]】

2011年2月5日

一

虎气祥云伴逝年，心扉大敞拓新天。
缘有芳园开景美，总思雅韵溢情绵。
菊荷桂蕙昭高贵，山水岚霞衬丽妍。
艺苑盈香常放彩，一如既往永流连。

二

长歌一路喜相牵，虎气祥云伴逝年。
愿把风华凝挚意，欣得雨露润欢颜。
劲松垂柳妆福地，飞燕苍鹰舞碧天。
若此焉能不秀美，爽心悦目梦犹酣。

三

放眼神州观世界，山欢水笑路长延。
和风惠雨滋佳地，虎气祥云伴逝年。
甚喜同声呼正义，诚钦远虑斥贪婪。
民生大业恒推进，大众凝心正向前。

四

欣逢盛世钟诗赋，入殿还须理念坚。
美愿当同诚信共，风光总与苦勠连。
春花秋月随流水，虎气祥云伴逝年。
四季从来交互替，迎新辞旧乐开颜。

五

似海深情偕韵寄，幽思移步夜凭栏。
遥观但见星光灿，低语独言桂树寒。
岂是多情追梦美，诚为炽意慕荷妍。
回眸岁月人陶醉，虎气祥云伴逝年。

【注释】

[1] 轱辘体：又叫"辘轳体"，也称"轮回体"，是诗体的一种，形成于明、清期间。诗文多成组出现，皆与主题相关。因诗的韵律如水井之辘轳架旋转而下，故名。辘轳体与其他诗体不同，要求选定一句含义丰富的中心句作为主题

句，运用七绝或者七律的诗体表现出来。或写律诗五首，五首都有一句相同，这公用的一句，分别用作五首诗的第一、二、四、六、八句。或作绝句四首，公共句用作各首的一、二、三、四句。公共句若是放在第三句则需换韵；或作绝句三首，公共句用各首的一、二、四句，无需换韵。

家 教

2011年2月8日

孟母三迁识见高，岳飞报国惠熏陶[1]。

言传事事行仁义，身教时时茹苦劳。

优劣无型咸赖铸，方圆有矩始堪骄。

古今宗族明斯理，后世方多出俊豪。

【注释】

[1] 惠熏陶：得益于（母亲的）熏陶。

大海咏

2011年2月25日

迎云淡静映清明，日耀悠然绽碧容。

雾重波平波显暗，风强浪卷浪呈雄。

怀宽可纳河川注，势猛直逼岸畔冲。

敢与高天争阔朗,谁堪斗胆比深宏?

题《梅鹤翁》图赠刘照荣友

2011年2月28日

诗意仙翁乐盼春,心香一缕绕晴云。
涂丹鹤顶诚鲜艳,戴雪梅身倍净纯。
实地欣观成美韵,佳园仰望盼仁君。
今朝若以身无用,墨宝拿来戏海豚。

刘照荣和诗:

步韵回赠诗友马国和

挚友相携又一春,知音雅趣可凌云。
怡情韵律心贪恋,养性名声志洁纯。
正直良材当立柱,谦恭孺子可称君。
为人境界分宽窄,大度胸怀纳海豚。

上网莫入邪门

2011年3月6日

凡尘万绪理难清,遇事心思各不同。

正道人间崇礼义,邪门网上漠[1]青红。

昔留月下悄悄语,今睹城中艳艳容。

一旦回头应未晚,迷途知返路犹通。

【注释】

[1] 漠:冷淡,漠视,不关心。

五十八岁抒怀

2011年3月10日

伴风伴雨伴书声,半世光阴实乃宁。

聚友闲聊时政事,谈今频举古人名。

未能豁达知天命,但愿从容忆故情。

李艳桃芳无限好,琴音奏响颂升平。

茉莉咏

2011 年 3 月 12 日

茉莉溢清香，花鲜雅韵长，

蕙兰相媲美，菡萏亦争芳。

秀色盈羞态，娇身配淡妆。

佳人同秉性，美艳永流光。

品　韵

2011 年 3 月 29 日

临屏阅点意犹酣，手指从心并目怜。

未睹欢颜钦蕙芷，但观雅韵慕荷兰。

不期即遇诚欣喜，若是难逢亦续延。

常想渊明今尚在，何须润笔写桃源？

莫嘲"访农家[1]"

2011 年 4 月 4 日

人心嘲笑访农家，总把风行当雾纱。

应谢高天滋雨雪，更恭大地纳烟霞。

当知幼树堪生叶，何患枯枝复长芽。

倘若未能尽真意,访农胜似露润花。

【注释】

[1] 中共湖北省委、湖北省人民政府领导并组织了"万名干部进万村入万户"活动。有人认为是形式,没有什么效果,并写诗嘲讽干部"访农家"的一些不良现象。

教育当反思

2011年4月6日

乐谈科技比高低,一任追风方向迷。
溯本还因施教差,育人未导见贤齐[1]。
夯基只为高分数,考校多图靓表皮。
总怪青春浮且躁,何如扭转勿迟疑?

【注释】

[1] 见贤齐:见贤思齐的省略,意指见到有才德的人就想着与他齐平。语出《论语·里仁》:"子曰:'见贤思齐焉,见不贤而内自省也。'"

自 嘲

2011年5月

性本愚痴似木呆,附庸风雅赏诗来。
博园甚喜交良友,赋网诚服聚俊才。
竹韵兰心熏意趣,苍松劲草美情怀。
自从醉上文辞后,静夜屏前冒大牌。

松云客步韵和诗:

大智若愚看似呆,却将龙凤案前来。
闹中取静学文品,忙里偷闲添赋才。
网络寻踪攀泰顶,趣园觅友敞胸怀。
怡情养性自嘲笔,身后悄然藏大牌。

咏 莲

2011年6月9日

波摇倩影为谁妍?一任风姿融丽天。
本自矜持涵美艳,天然洁雅绽娇鲜,
芳颜熠熠亭亭立,美韵昭昭久久延。
不与牡丹相较比,唯求纯质秀山川。

玫 瑰

2011 年 6 月 13 日

带刺流香色永新,犹将典丽酿清纯。
蝶蜂翻舞难将玷,鹰燕盘旋不得亲。
柔曼怡情欣进取,娇娆动魄乐遵循。
深知存贮虔诚意,历久方堪道义真。

青青草

2011 年 6 月 23 日

怜山恋水持坚韧,旷野幽园俱奋勤。
吐翠倾情争盛茂,延根勉力溢芳馨。
披霞沐日开新象,润雨迎云绣美茵。
总把生机凝质朴,欣欣不畏有风临。

燕 子

2011 年 6 月 25 日

动魄娇姿倍暖怀,翩翩飞燕倏而来。
缁衣确是撩人喜,舞翅悠然尽意开。
欲赏抬头方过去,回眸望影遂思猜。

久违兴致今旋返,倍感宜将柳树栽。

石磨[1]咏

2011年7月3日

相从人类数千年,斗转星移硬骨延。
生就坚实甘奉献,结成紧密重团圆。
其间静迓三江客[2],昔日忙供万户餐。
观赏琢磨人似此,勤心一往自无前。

【注释】

[1] 石磨：用人力或畜力把粮食去皮或研磨成粉末的石制工具,由两块尺寸相同的短圆柱形石块和磨盘构成。

[2] 大连步云山温泉旅游度假区的万盘石磨大世界,有形态各异的石磨供人观赏。

咏岸柳

2011年7月5日

流香非是蕾花开,艳质欢携淡雅来。
既叹怀中滋碧叶,复嗟身上储佳材。
欣欣旺势纯颜色,袅袅柔姿远滓埃。

近水更兼勤汲取,根深盖翠醉风裁。

咏　藕[1]

2011 年 7 月 6 日

洁白流光凭细嫩,韵佳倍令长精神。
生吞甘脆滋津液,熟食香绵益体身。
养性强功称好品,宜人雅质续青春。
丝连断后缘坚韧,有节根茎化德仁。

【注释】

[1] 藕:又称莲藕,属睡莲科植物,莲的根茎。肥大,有节,中间有一些管状小孔,折断后有丝相连。藕微甜而脆,可生食也可做菜,而且药用价值相当高,它的根根叶叶,花须果实,无不为宝,都可滋补入药。用藕制成粉,能消食止泻,开胃清热,滋补养性,预防内出血,是妇孺童妪、体弱多病者上好的流质食品和滋补佳珍。在清咸丰年间,就被钦定为御膳贡品了。藕原产于印度,后来引入中国。

读李天童谢母恩文有感

2011 年 7 月 11 日

稚手成章谢重恩,闲来品味叹佳文。

心存感动珍生命,意抱真诚爱母亲。

广宇翱翔鹏奋羽,远程飞越志拿云[1]。

从来孝悌人间颂,为子成才贵万金。

【注释】

[1] 拿云:上揽云霄之意。比喻志向高远或本领高强。

夏之梦

2011 年 7 月 13 日

昨夜薰风[1]爽爽来,窗边入梦会佳才。

金声婉转如波荡,玉面清妍似蕾开。

恍步蟾宫寻静谧,胜翔穹宇乐毰毸[2]。

人间无限逍遥境,难比相谐望月台。

【注释】

[1] 薰(xūn)风:亦作"熏风",和暖的风,指初夏时的东南风。

[2] 毰毸(péisāi):飞舞的样子。

荷花咏

2011年7月18日

白中带粉绽娇鲜,嫩色还将韶韵延。
自是清纯谁总慕?天然妩媚众常怜。
云来雨润容尤美,蝶至蜂围意不迁。
近晚凉飔香远溢,蕊花月夜妒婵娟。

心 态

2011年7月28日

豁达乐观生洒脱,愁眉盘绕自卑微。
宁心平气攀高岭,怨事尤人陷陋圩。
降世赤身呈净洁,游山抱志向崔巍。
笑迎广宇毋骄躁,不羡奢华慕日辉。

爱岗敬业[1]咏

2011年8月8日

诚信为人力自强,爱岗敬业总流光。
学成佳技酬社会,放出清音报吉祥。
不是素来持执着,焉能此刻类疯狂。
情操高尚凭修德,赞语频频誉远扬。

【注释】

[1] 网上读了记述全国先进人物、敬业楷模张士英的文章《敬业:与"岗"俱来的感动》后而作。今年已经83岁的退休老干部张士英"爱岗敬业",先后被授予"全国离退休干部先进个人"、"河北省十佳离退休干部党支部书记"、"全省离退休干部先进个人"等。老人对"岗"爱得真诚而辛苦,对"业"敬得炽烈而荣光。如今,东留善固村在这位回归平凡老人的"爱"与"敬"中发展成为"全国文明村"、"全国敬老模范村"、"全国绿化千佳村"、"全国计划生育先进村"等。

斥谎言

2011年8月12日

巧着华衣私利求,柔声吐出不知羞。
乍看磊落无邪气,细察平和有暗谋。
空穴时遭风猛袭,深泉始可水长流。

粼粼总向光明去，污浊除清好荡舟。

圆

2011 年 9 月 12 日

人期福满爱花鲜，月至中秋万户虔。
硕果飘香齐贺稔，金风送爽共迎妍。
品行秉洁情常雅，家国呈和心自圆。
聚散无妨同祝祷，今来古往总相沿。

月饼之愧言

2011 年 9 月 14 日

当初稀缺众垂涎，谁料增多渐走偏。
添剂延生两三岁，偷工获利万千钱。
名为重誉遵诚信，实则欺民辱德贤。
皓月苍天催我醒，如斯不可妄夸圆。

诺

2011年10月4日

一诺由衷自践行,迎风沐日见光明。
山钦秀木滋根壮,草盼甘霖泽叶荣。
雨后鲜花多俏丽,溪中细石尽清灵。
诗心恒守仁兼信,佳苑能无瑞气萦?

辛亥革命先驱

2011年10月10日

不畏狂飙苦奋争,驱霾拨雾觅光明。
天涯去岁方舒叶,石罅今年已陨英。
笑对刀丛磨胆剑,勇迎血雨夺旗旌。
豪侠胆智英雄志,世代长存励后生。

国 人

2011年10月15日

斤斤盘算喜眉扬,寻宝栖身学凤凰。
常把痴诚讥作傻,复将执着视为狂。
中山志魄今嘉美,秋瑾精魂昔惧惶,

莫对王侯思媚捧,当钦志士慕贤良。

纵火怒天

2011年10月17日

汉口遭焚劫难生,草菅百姓宇寰惊。
黄兴救世昭肝胆,袁氏谋权滥剑兵。
纵火推澜天下卷,驱昏洒血域中倾。
是谁暴逆伤仁义?功过还当青史评。

凝 聚

2011年10月18日

碎沙无力缘松散,钢混梁坚聚不离。
大厦摩天凭稳固,纤尘落地务除移。
目标既在心中定,志向当由足下驱。
摸索前行循正道,民心凝铸斗熊罴。

袁世凯 [1][2]

2011年10月19日

人称窃国贼,一世猛驱驰。

负任常谋篡,操权总伺机。

梦中皇位重,怀里众生稀。

狂与共和敌,焉能涛浪欺!

【注释】

[1] 袁世凯（1859—1916）：汉族，中国河南项城人，中国近代史上的政治、军事人物，北洋军阀的首脑。早年在朝鲜发迹，归国后在天津小站督练新军。清末新政期间推动近代化改革。辛亥革命期间袁世凯逼清帝退位，并成为中华民国临时大总统，后当选为中华民国首任大总统。他下令解散国会，修改《中华民国临时约法》，颁布《中华民国约法》并修改《大总统选举法》，1915年12月悍然称帝，建立中华帝国，后来在护国运动的压力下取消皇帝尊号，不久后去世。他是我国历史上最具争议的人物之一，争议的是戊戌告密、二十一条、洪宪帝制等事件。

[2] 此诗与《辛亥革命先驱》、《国人》、《纵火怒天》、《凝聚》均是观后感，看中央一套播出的电视剧《辛亥革命》时而写。

咏雪数字歌

2011 年 11 月 20 日

九霄飘落遮天宇,一色清纯轻舞飞。
六角姿形方降下,八方原野已迎回。
十行松柏成银树,四面房楼耀玉辉。
五指七音编赞曲,三心二意岂能随?

圣　诞

2011 年 11 月 25 日

今望南山岭,峨峰着淡装。
无从亲见畅,有理喜迎狂。
盛意空冲击,诚情暗激扬。
广怀流美韵,圣诞馈祯祥。

赏　雪

2012 年 1 月 25 日

凝望风光一色清,梨花绽树触诗情。
汝携冽气呈娴静,我上高坡赏净明。
素淡衣装纯美质,晶莹面貌坦舒形。

从来寰宇留佳韵,谁可更其洁雅名?

杞人忧天

2012 年 2 月 15 日

魂陷空虚闱眼前,缘何亘古总循沿。
皆知世美[1]人轻蔑,亦晓包公众敬虔!
明榜公平张正义,暗营私利醉金钱。
复沉美色情迷乱,能不污身怒宇天?

【注释】

  [1]世美:指戏剧《铡美案》中的陈世美。陈世美家境贫寒,与妻子秦香莲恩爱和谐,十年苦读,进京赶考中状元后被宋仁宗招为驸马。秦香莲久无陈世美音讯,携子上京寻夫,但陈世美不肯与其相认,并派韩琪半夜追杀。韩琪不忍下手只好自尽以求义。包拯找得人证物证,欲定驸马之罪,公主与太后皆赶至阻挡,但包拯终不让步,将陈世美送上龙头铡。

林中漫步遐思

2012 年 3 月 7 日

问道观林满目新,全将真意付瑶琴[1]。
梧桐凤鸟飞灵界,山岳仙人奏雅音。

幽径悠行坚信念,繁枝凝望阔胸襟。

此中何以春不去?必是常存白玉心。

【注释】

[1]瑶琴:用玉装饰的琴。从瑶琴的"六忌(一忌大寒,二忌大暑,三忌大风,四忌大雨,五忌迅雷,六忌大雪)七不弹(闻丧者不弹,奏乐不弹,事冗不弹,不净身不弹,衣冠不整不弹,不焚香不弹,不遇知音者不弹)"来看,无论是焚香、净身还是整衣冠,无非是使人通过做这些事保持一个谦恭的心态和纯净的思想,不为世俗外物所干扰,而人进入这样的思虑空明状态,才可以和瑶琴背后更高境界的生命融而为一。

孝 忠

——读王庆云《新编二十四孝诗文》

2012年3月14日

孝忠自古属灵明,兴国荣家四海平。

当道奸人魂必浊,伤风逆子业难兴。

修身养德金身铸,励志存仁鹏志成。

甚喜文心滋雨露,精编集萃耀晶莹。

诅 鳄

2012 年 4 月 26 日

直撞横冲私利图,兴风作浪意张舒。

龙宫宝殿随时置,秋月春花任意污。

助浪推波不可止,呼云唤雨莫能除。

今朝得势如狼豹,来日必将成蠹蛆。

氤 氲 [1]

2012 年 5 月 11 日

润肺滋津难见影,萦天绕地醉飞鸿。

无声质美惊星斗,有味身轻羡月宫。

襟下谁言留印迹,园中我晓沁花丛。

如岚似雾凝甘露,播洒悠悠付雅风。

【注释】

[1] 氤氲(yīnyūn):也作"烟煴""絪缊",指湿热飘荡的云气,或表示迷茫貌、弥漫貌,也指弥漫的烟气或浓烈的气味(多指香气)。这里取浓香意。

总

2012年5月12日

一刀两半是为分，口正心纯人最珍[1]。

有爱何妨欣入梦，无情岂可久缠身。

大羊[2]恒逐堪从善，吉水[3]长流必付辛。

日耀光辉天地转，周而复始喜临春。

【注释】

[1] 这首诗是与诗友讨论汉字之妙而写的。"总"字上面两点倒过来看是"人"字。人、口、心构成"总"字。总本义是聚束、系扎之意，后引申为聚合、汇集等意义。这句说，聚合和汇集很珍贵，但人必须口正心纯才能做到。

[2] 大羊为"美"字。这句说坚持追求美，才可能善。

[3] 吉水为"洁"字。这句说，保持纯洁，必须付出艰辛。

步"月下求师者"《无题》诗韵

2012年6月2日

文章随键忆初端，思绪纷纭注艺园。

细节敷成因有致，真情吐出自无残。

呈来故事心方实，铸就新篇意不单。

喜向苍穹传雅趣，持恒矢志岂愁难？

诗友"月下求师者"原诗：

无 题

前日灵犀下笔端,而今半韵未登坛。
起承粘对迷蒙瘦,合转谋敲慵懒残。
浅月迟迟帘外困,空杯静静案头单。
孤灯窃问三更墨,造句难乎一事难?

补 磁 [1]

2012年6月5日

玉颜金叶美娇姿,身坐高台正尽职。
笑脸相迎询所办,欢心即复补其磁。
锁眉问我谁粗看,出语答伊未细咨。
两处同声皆草率,一人点破酿成诗。

【注释】

[1] 到银行取钱,业务员说工资折缺磁,须到总部补磁;来到总部,业务员说补磁须有身份证复印件,回家取了身份证复印后已过12点,总部已换业务员。我让先补磁再取款,业务员看着存折紧锁眉头,问我谁让补磁,我说彼地和此地两位业务员都说要补。她说存折已满,不需补磁,我方明白。

劲草与鲜花

2012 年 7 月 21 日

晨曦初现方泽露,丽日高悬绿映红。

携手拳拳欣媲美,连心眷眷共争荣。

舒姿吐翠优生态,爽气柔风慕彩虹。

碧宇白云欢赏看,枯藤沮丧妒情浓。

梦玫瑰

2012 年 7 月 23 日

玫瑰逢梦里,绚丽印于心。

雅态迷情醉,清香润面频。

毋言初识浅,但信久交深。

美景宜嘉愿,幽然我独吟。

草花咏

2012 年 8 月 3 日

曦光既现披晨露,望宇迎云绿映红。

互衬娇颜堪媲美,同呈雅韵共争荣。

柔风爽气优佳境,曳态舒姿靓颢穹。

观赏怡心思此理,油然生羡叹情钟。

昂首行

2012 年 8 月 6 日

福寿安康心底鸣,伴随一世铸芳情。
长呈神韵谁堪及,永驻风华人自惊。
非是娇鲜容必美,当因仁善德方宏。
思追真谛胸襟阔,拥抱明天昂首行。

诗如美玉

2012 年 8 月 8 日

形容夺目世间殊,竟日[1]瞻评不觉孤。
目下无从观翡翠,心中有爱赞珍珠。
常钦美质迎星望,复叹晶肌对月呼。
雅意殷殷常冀得,不成甘愿做诗奴。

【注释】

[1] 竟日:整日,整天。

红玫瑰

2012年8月9日

一展娇姿披彩妆,红颜秀色溢馨香。

天然腼腆身携刺,兀自清幽质耀光。

绝代风华当赞誉,平生坚韧可嘉彰。

花中豪者意恒久,性秉专情喜煞郎。

闻传言随想 [1]

2012年9月1日

影传末日甚荒唐,入耳当须细考量。

环境不堪轻保护,科研务必重周详。

恭崇大地人多益,仰敬苍天义久扬。

新岁同心坚守诺,直行正道莫彷徨。

【注释】

[1] 网上传,根据玛雅文明的记载,2012年12月21日是"世界末日"。

清泉同韵二首

2012 年 9 月 7 日

一

涓涓不断源头远,澄澈灵明出自然。
荣盛山川着意赞,灵明日月尽情观。
成溪自去归江海,逢旱甘来润土田。
娴静欣迎游赏客,清音博取万人欢。

二

品自清灵源自远,声成轻乐韵悠然。
风情盈溢此中有,宾客盘桓其里观。
漫向人间呈雅意,勤沿林隙溉芳田。
滋根茂叶开佳景,五彩缤纷谁不欢?

教师节抒怀

2012 年 9 月 10 日

身为园圃一凡人,常记开学节遽临。
自晓尊师关大计,尤知育李赖勤心。
德恒向善方堪敬,业总求精始可亲。

三尺讲台凝众望,园丁任重莫辞辛。

嘲笑面

2012 年 11 月 5 日

笑面藏刀必饮忧,终将人性化成鸠[1]?

常生恶意夸能事,远弃良知说计谋。

一任为非污道义,总图利己践和柔。

怀宽亦以仁心抗,嘲罢还当誓不休。

【注释】

[1] 化成鸠:化"鸠占鹊巢"之意,喻强占别人的住屋或占据别人的位置。

童 心

2013 年 3 月 2 日

宛若一湖春水绿,亦如翡翠耀泽辉。

天真自有灵明在,珍贵全无暧昧催。

渴盼新奇追信誉,欢寻广阔慕声威。

长凭智勇开佳气,向宇临风奋翼飞。

莫冲动

2013 年 3 月 30 日

应将嗔怒化为和，既毕还须细琢磨。
人世宽容多幸福，时光美好勿蹉跎。
长宜放眼相谐燮，不可存疑互捏搓。
务止一时冲动气，常持豁朗克邪魔。

探　索

2013 年 4 月 3 日

一意求真一世欢，骄阳直射草花鲜。
只缘环绕常存美，总赖钻研自可醰。
不在篱边心上挂，因思峰顶腹中虔。
何时登上诚难测，笑问还当过几关？

题《春思》图

2013 年 4 月 13 日

春风剪柳两心知，屈指归期恨误时。
飞燕已于楼侧舞，动车犹在道中驰。
夜来柔雨坪间浥，晓至清泉石上滋。

赏景一人无雅兴，盼将相伴解忧思？

碧草情

2013年5月6日

阡陌旷野持纯韧，岩隙滩头意静宁。
情洒寰间铺碧翠，根滋土内蕴坚荣。
柔风雅境恩慈母，映日披霞织美丛。
奉献一生无憾恨，终昭劲健远浮萍。

风中草

2013年5月8日

迎风瞩目草丛间，甚喜青青绽靓颜。
非止柔柔即蕴美，尤因酽酽始堪延。
身坚不畏强雄烈，意永长呈雅妙闲。
莫笑狂飙既来倒，叶倾根固总黏连。

赏弹琴奏乐

2013年6月7日

轻揉慢捻抹兼挑，声颤音柔意兴昭。
喜有诚情彰美韵，远离俗气涌欢潮。
平心始奏和谐曲，倾力终成婉丽谣。
双手无闲弹雅致，融为一体醉妖娆。

青春赞

2013年7月29日

不畏艰辛奋翼超，云舒云卷任逍遥。
八方交友真情在，一路争先重担挑。
以智赢来前景美，凭诚唱起战歌飘。
今朝立下鲲鹏志，事业穹空比健骁。

嘲野蛮

2013年8月5日

清纯自古人钦羡，浮者强狎恶剧生。
总恨寰中愚贱事，尤嘲世上野蛮行。
真心当自寻缘分，炽意何堪违世情？

长把襟怀开远大，喜观美雅悟神明[1]。

【注释】

[1] 神明，指人的精神和智慧。

中秋对月遐思

2013 年 9 月 19 日

东坡把酒问青天，我自凭栏夜景观。

又见苍穹悬皓皓，犹思暴雨坠浅浅[1]。

泥流作恶人悲泣，地震成灾屋破残。

罹难同胞长不醒，焉能千里共婵娟！

【注释】

[1] 皓皓：洁白，这里指圆月明亮。

[2] 浅浅（jiān jiān）：水流疾速的样子。

读书乐

2013 年 12 月 24 日

字里行间常觅觅,痴专嗜好惦千千。

无由不眷成顽疾,有趣深思望远天。

常向月中寻雅意,欣于湖畔咏娇莲。

高峰总在遥遥处,何畏途艰路亘延?

【注释】

　　[1] 千千:形容数量多。宋代张子野《千秋岁》词:"天不老,情难绝,心似双丝网,中有千千结。"

秋　景

2014 年 8 月 4 日

乌云蔽日暗星空,柴火燃烧四下明。

昼里彩虹心上挂,田间盛景眼前萦。

缤纷五色多呈菱,烂漫三秋共庆丰。

但愿辛劳勤稼穑,果实累累耀晶莹。

听晋剧牌子曲

2014年6月7日

绝妙美争春，怡心雅愿纯。
音谐欣侧耳，律婉醉凝神。
曲罢思翩舞，情生冀永循。
翔空追圣鸟，好景伴良辰。

题《月下孤影》图

2014年8月22日

皓月悠悠广宇浮，群星隐去魄魂孤。
世间自有真情在，意下何愁雅愿枯？
俏秀花枝生气满，柔妍嫩蕾妒容疏。
心灯莫可收光亮，熠熠光辉为尔铺。

题白菊花

2014年10月6日

玉作肌肤水作容，形昭窈窕载玲珑。
娇姿醉倒三江客，淡色堪超五彩虹。
妩媚全无妖冶[1]意，清纯自有润泽功。

流香蕴美迎凋谢,化作芳泥旺劲松。

【注释】

[1] 妖冶(yāo yě):多义词,这里指艳而不正派。

观夜景

2014 年 10 月 27 日

苍茫浩渺夜空晴,独步寻观耀眼星。
我盼银河三夏雨,谁浇环宇万棵松?
电波既送和谐韵,天幕欣迎典雅风。
人有神通不寂寞,长存挚意必灵明。

忠诚宪法[1]

2014 年 10 月 29 日

驱车最忌闯红灯,驾驶违规道堵拥。
岂止白痴难尽晓,多因黑霸故强行。
高层守宪公平启,尊位昭诚正义通。
执法从严弃人治,拥璇[2]果断建功丰。

【注释】

[1] 读《中共中央关于全面推进依法治国若干重大问题的决定》，高层首提依宪治国，为此感慨良多。

[2] 拥璇：比喻掌握国家政权。

题《淑女》图

2014 年 11 月 1 日

玉面临风信步前，影流美瀑隐娇颜。

姿摇旖旎呈佳韵，意放馨香润乐园。

人近身旁狎问好，伊观天上默无言。

管他迷醉几多载，不理终将悻悻还。

题南茜《竹林听雨》画 [1]

2014 年 11 月 3 日

山缘竹丽静，石乐做阶蹊。

背影何其似，身形自不腴。

未觉亭已近，但晓意方迷。

更喜迎秋雨，成林雅韵集。

【注释】

[1]画竹必定要心里先有完整的竹子形象,而不是眼里看到的竹子,做到"成竹在胸"。诗友南茜的竹林画得惟妙惟肖,赏之而作。

初 冬

2014年11月7日

何以冬临暖似春？只缘诗意溢芳馨。
开言总把山川赞，择韵犹将草木珍。
冷峻明昭冰雪色，清新大敌蕙兰门。
夏秋碧翠生机满，寒季悠暇喜荡尘。

题《落叶》图二首

2014年11月9日

一

叶落贴尘泥，期风带入溪。
滞留无怨悔，绝不苦哀啼。

二

冬临叶尽黄，簌簌谢天凉。
渐至春颜绽，悠然放异香。

凡与不凡

2014 年 11 月 15 日

凡与不凡相对言，贵于自信面尘寰。
为人淳朴真情永，处世和谐正道宽。
位显缺德如腐土，身卑尚义似幽兰。
持恒洁品勤开拓，显赫平实皆自然。

咏冬梅

2014 年 11 月 17 日

历冬俏丽不忧寒，径向长天美意传。
颜显端庄侼典雅，身呈挺秀秉刚坚。
堪为励志圭碑座，亦是吟诗灵感源。
细赏柔姿纯玉质，甚钦傲对冷风缠。

崇道义

2014年11月19日

尊崇道义力趋强,生命时时放亮光。
气贯长虹除雾障,心怀美愿铸铜墙。
不为丑事心间净,总唱欢歌宇外扬。
逆境犹堪奇迹造,风和岂可伴彷徨?

向　阳

2014年12月2日

莲藕嫩柔竹笋昂,鲜花绽放溢清香。
新苗破土呈茁健,老树迎风显盛强。
物茂禾兴须日照,才雄名耀赖德芳。
长崇养性汲甘露,但愿一生总向阳。

唱响绿色赞歌

2014年12月27日

谨沿生态文明道,良性循环百业兴。
诗颂风清天宇丽,文彰水净食品精。
和谐严禁有污染,发展不得无界封。

持续繁荣昭绿色，造福后代建丰功。

"芳园文苑"[1]满三月贺

2014 年 12 月 21 日

园中地沃信堪夸，不种葫芦不种瓜。
种好诗词兼种赋，迎来雨露并迎霞。
光流彩溢方盈月，斗转星移总绽葩。
艺苑才贤相敬勉，芳香缭绕漫天涯。

【注释】

[1] "芳园文苑"是一个微信群，群主是广州工业大学教授徐向东。笔者应邀入群，受益不浅。

向善心

2014 年 12 月 23 日

求真向善梦悠长，读史观书竟日忙。
治学总乃勤积累，任教曾为勇试尝。
自晓诗文宗义理，复知传统贵光扬。
无涯学海欣游渡，济世修身俱可当。

平安夜感怀

2014 年 12 月 24 日

夜度平安岁步新,盈香贮美酿清纯。

文坛竭智欢追梦,诗苑倾情喜入门。

策马迎风驰正道,迎春沐日赴芳林。

韵中注满深宏意,一路长歌现本真。

步新回眸

2015 年 1 月 1 日

国尊正义民心顺,廉政风开贪腐除。

文苑勤浇花绽放,诗园醉赏韵娴熟。

和谐自使心欢悦,豁朗常觉意惬足。

往岁流金缘勉力,步新拓路喜修铺。

海边观日

2010 年 8 月 8 日

天光迎阔朗，凉飕舒心气。

海日蒸蒸上，侧身凝神睇。

晨时梦初醒，对景相默契。

感悟一瞬间，奥妙藏真谛。

景致耀晶莹，赤水[1]动情弦。

胸怀如此阔，浮想遂联翩。

艳容开清湛，欣赏倚木栏[2]。

忽见扔废纸，阻止连声唤。

处处爱环境，文明成习惯。

质秉梅竹韵，生活不暗淡。

真诚学舜尧，切勿存遗憾！

海滩无限美，玉宇甚妖娆。

言行循大理，自会乐陶陶。

看山山有色，望海海多娇。

海岸金光闪，地球美韵昭。

【注释】

[1] 赤水：日出时海面在太阳的照耀下显现出一片红色。

[2] 木栏：海岸边的木制围栏。

呼唤绿色食品

2010年11月27日

提笔怒斥钱财迷,绿色食品呼唤随。
食品事大关民生,执法部门专注宜。
生命健康诚可贵,饮食安全为第一。
市场充斥伪劣品,消费群体畏兮兮。
为获暴利大炒作,极尽能事大溢美。
山川天地风景丽,多行不义必自毙。
阴暗角落藏黑手,丧心病狂谋私利。
年年打击难杜绝,购物留神常警惕。
人心不古莫大意,戮力维权从长计。

庸俗岂可乱艺坛

2011年1月25日

一味娱乐玷[1]文苑,庸俗作品乱艺坛。
小丑竟成台上将,妆呆演傻博人欢。
冠名通俗扬不雅,光天化日抛朽丸。
文士所恶俗气客,竟与大台结良缘。
纵然一技堪展现,岂可春晚火年年?
所谓领军本卒子,精心炒作得青眼。
名副其实街巷品,居然红紫做大腕。

火速走红文艺界，犹将俗气当宝剑。
受捧得意胡作乱，身价倍增招人看。
敛钱图利转昏头，低级趣味广泛滥。
高雅文艺难普及，庸俗居然钱好赚。
处处布满潜规则，冠冕堂皇长敷演。
道德缺失民遭苦，坑蒙拐骗家常饭。
腰缠万贯出国走，不差钱即戴桂冠。
古国文明任践踏，下里巴人狂闹喧。
人气竟然居高走，妖推磨盘鬼船翻。
以朽充精眉飞扬，颠倒黑白惊宇寰。
杞人忧天怒庸俗，靡靡焉得舞翩跹！
仁义诚信不会灭，终将广布驰宇天。
力反三俗阻魔舞，大力根治污染源。
露水最忌见日晖，历史长河一瞬间。
娱乐非为胡乱言，潜移默化道应先。
弘扬国粹当嘉赞，焚毁低俗谁悯怜？

上海"11·15"特大火灾[1]之思索

2011 年 8 月 7 日

水火无情灾难生，防灾有道赖精明。
总为事后诸葛亮，无辜生命惨入冥。
呼天抢地心胆碎，亲友悲恸手足冰。

救灾解难固堪敬，尽职为善感视听。

幽思何不防未然？只缘贪腐遍地行。

金钱财宝如鬼蜮，心灵受诱人似蝇。

追来逐去何所益？酿祸积灾难述清。

全将职责抛脑后，谋私敛财上下应。

自律奉公吹高调，无约无束狼眼瞪。

行贿受贿潜规则，祸根不除理难正。

生民怨恨程序乱，司空见惯总吞声。

繁华背后浮躁气，损人害己罪不轻。

法制人为不得信，正义公平难兴盛。

加大力度惩俗滥，群起攻之凭大众。

人生百年诚短暂，平淡康乐仁德重。

不为浮华所驱使，尽职尽责有心劲。

一事当前思隐患，精心设防阻蠢动。

【注释】

[1]2010年11月15日14时，上海余姚路胶州路一栋正在进行外立面墙壁施工的高层住宅脚手架忽然起火，火势较大，并开始向楼里蔓延。事故发生后，上海市连夜调集全市医疗救治资源，持续全力救治伤员。上海"11·15"特别重大火灾事故调查组查明发生火灾的大楼工程建设问题与总包、分包、施工、监理等均有关。2011年8月2日，上海第二中级法院对"11·15"特别重大火灾事故相关6起刑事案件做出一审判决，分别判处高伟忠等26名被告人有期徒刑16年至免予刑事处罚。

护林功

2012 年 4 月 20 日

又逢植树节,倍感此节亲。
云南有一地,传统重护林。
倘使逢大旱,受损极为轻。
林木凝水分,旱天显神功。
它处地龟裂[1],此间水充盈。
无雨不显旱,林木献芳情。

【注释】

[1] 龟裂(jūnliè):这里指田地因天旱而裂开许多裂缝。

东风织碧茵[1]

2013 年 3 月 18 日

昨夜东风织碧茵,霏霏细雨润兰身。
桃花鲜嫩将绽放,李树娇妍现本真。
茉莉飘香时不远,湖光月色已相亲。
亭台楼榭紫气绕,轩窗绿纱传心音。
欣盼莺歌已陶醉,复思燕舞漫抚琴。
莫言夕往田逢旱,应喜今朝降甘霖。
强劲无阻开浩荡,泽被山川广布恩。

【注释】

[1] 这首诗是我写完《云中文苑》2013年卷首语《乘春风而前行》后写的，表达了当时的喜悦心情。我在卷首语中写道："自然界的春风，会给人间带来爽心悦目的美景。而社会生活中的春风，则会使和谐幸福洒满人间。今年3月召开的全国'两会'，就是我们生活中扑面而来的强劲春风，她令我们感到了祖国更加生机勃勃的春天气息。"东风，即春风。

满江红·赞清廉奉公

2006年5月

物欲横流，方显现清廉本色。谋政务、谨严执法，肃奸惩恶。自古奉公持坦荡，从来醉利耽[1]安乐。不贪婪、一意为黎民，昭曦赫[2]。

人生短，心肠热。贵反省，如饥渴。勇争先、骐骥甚欣鞭策。总勖诚情恒进取，肩挑重任甘承荷[3]。尚修身、时刻浚源泉，长澄澈。

【注释】

[1] 耽（dān）：这里指沉溺、迷恋。

[2] 曦赫：日光。

[3] 荷（hè）：担。

满江红·忆游洛阳牡丹园

2010年6月

曾赏芳园,今犹记、娇姿满眼。无愧是、天香国色,人皆钦羡。典雅清新无可比,洁纯瑰丽诚堪赞。韵致佳、正细察幽思,人呼唤。

留倩影,存佳愿;非盛茂,何牵恋?想平生、最忌置身花苑。未料鲜颜枝叶映,竟成日后丹襟念。喜回眸、经岁月熔烧,深嗟叹。

贺新郎·京西贡米

2012年10月

贡米缘何好?细询情、本源详悉,品牌精造。驰誉扬馨风姿雅,质美毋庸炫耀。捧绿色、凝成珍宝。公害泥渣恒不染,恰如莲、净植亭亭俏。"淀玉"[1]韵,载贞皓。

前行一路营谋巧。展宏图、竭诚尽力,福音频报。科技攻关培良种,农艺农机配套。建基地、赢来高效。举叹嫩香涵奥秘,比三家、更赞京西稻[2]。做馈礼,喜云罩。

【注释】

[1] 淀玉:海淀区上庄镇农服中心设计制作和注册了"淀玉"稻商标。

[2] 京西稻园始于元代,兴于清朝,称之为御田,所产之米供宫廷使用,誉为"贡米"。海淀区传承京西稻农耕文化,树立区域品牌。京西贡米,经过数百年的历史传承,如今已摆上了寻常百姓的餐桌,并作为礼品用来馈赠亲朋

好友。1992 年被农业部评为"绿色食品",是营养型、无污染的安全食品。

清平乐·教师颂

2012 年 9 月 10 日

采花酿蜜,总为他人计。桃李盈园风景丽,尽力滋苗润地。

天职尊奉规则,潜心养性修德。一世播仁洒爱,遨游启智长河。

满庭芳·咏松

2013 年 12 月 6 日

容耀秋光,纷纷叶落,汝何溢满芬芳?梦中常会,颜俏意深藏。酒醉曾经高唱,钦神贵、无畏天凉。柳杨曳、总思企及,潇洒对沧桑。

枝繁根不老,欣迎四季,秋末难亡。身坚挺、今生总是承当。冬至绵延雅韵,呈青翠、被雪不伤。经风雨、从容历练,鄙气败魂僵[1]。

【注释】

[1] 气败魂僵:气败,形容十分慌张或恼怒;魂僵:精神僵死。

天香·欣赏《黎明》鸣奏曲

2014年3月30日

入耳清音,飞扬美韵,乐律融成形象。恍若春苗,又如竹节,雨后暗滋潜长。不同凡响,迎晴日、生机向上。烂漫青春倾诉,知音梦中同享。

诚钦为人豪爽,慕芳华、坦怀宽敞。前路遥遥尚远,月明天朗。指下琴弦流畅,亮兼厚、无疑音域[1]广。应记犹须勤如既往。

【注释】

[1] 音域:指某一乐器或人声歌唱所能发出的最低音到最高音之间的范围。各音区的特性音色在音乐表现中有着重大的作用,高音区一般具有清脆、嘹亮、尖锐的特性;而低音区则往往给人以浑厚、沉重之感。

德才赋

2013年10月

古今成大器者,非唯才茂[1],亦乃德芳。夫恃才而德薄[2]者,心似蚊蝇,琐劣[3]卑微,难成金玉;修德而才雅者,胸如湖海,宽宏阔朗,堪做栋梁。

小人[4]得志,傲贤慢士,为非作歹;君子遂心[5],竭忠尽智,济世安邦。何者?小人恃才悖德,心窄而不容人,患得患失,得陇望蜀[6],绝无公道可言;君子尚德怀才,襟宽且唯尚义,献智献策,守法奉公,自有妙方为用!

【注释】

[1] 非为才茂：不只是才学渊博。

[2] 恃才而德薄：仗着自己有才能而不重视修养故品德低下。

[3] 琐劣：举止扭捏，不自然，不得体，行为拙劣。

[4] 小人：通常指儒家定义的"君子"的反义词，像小孩子那样说翻脸就翻脸，说变脸就变脸。

[5] 遂心：合自己的心意。

[6] 得陇望蜀：我国古代三国时期的一个成语，原指已经取得陇右，还想攻取西蜀，比喻贪得无厌。通常人们用来形容贪心的人。

真情贵

写在老伴五十四岁生日

2009 年 9 月 19 日

同舟风雨五七载,转瞬之间发已白。
常记一时为陌路,甚欣四季筑高台。
口舌磕绊终无憾,身体辛劳总乐怀。
儿女遂心欢入梦,相携俱健笑颜开。

迎春生日致贺

2009 年 12 月 24 日

廿六风华正茂时,真诚一路占高枝。
今朝紫气全家绕,来岁春光满院驰。
硕果灼灼功在育,鲜花艳艳美于滋。
已婚有喜生辰日,撷取文珠串贺辞。

女婿潘冬生日致贺

2009 年 12 月 26 日

不向世人邀溺宠,冰心一片酿清风。
乐于默默勤开拓,贵在拳拳总畅通。

万水千山钦此韵,五湖四海赞其情。

力强年富征程上,破浪乘风奋力行。

儿子新婚庆典[1]

<small>2010年1月8日</small>

元日瞳瞳气象新,和风瑞气喜迎春。

应邀亲友同相贺,得体礼仪倍见钦。

了却一桩心下事,欢欣四代眼前人。

殷期展翼鹏翔宇,健驾祥云福运临。

【注释】

[1]2010年1月1日,儿子马健鹏与儿媳司马迎春之新婚庆典于托克托县大维大酒店隆重举行。心中甚是欣喜,典礼之后,当时场面历历在目。

问候文友

<small>2010年9月21日</small>

文字为犁博苑耕,交流拜访友情生。

吟诗作赋心神聚,观画听歌意趣兴。

隔水隔山焉以远,谈今谈古不相争。

五湖四海同星月,共赏即如门自登。

寄语侄儿宇飞

2010 年 10 月 2 日

雏鹰宏志学鹏鸟,奋羽苍穹起点高。
破雾搏风不转向,追云沐日总怀巢。
一生正道终无憾,千里征程岂算遥?
浩气豪情应盛赞,虚名贪念理当抛。

钟爱诗赋

2010 年 10 月 4 日

今夕倾心无所羞,向贤何必讳风流。
胸间夙憾因时晚,意里今欣以兴俦。
此世佳缘情不了,来生幸运韵长留。
不思饮誉大堂会,但愿相携建艺洲。

扬帆[1]生日致贺

2011年1月1日

元旦新歌唱正酣,迎春气息又浓添。

诞辰巧合人同贺,赋网欢逢友共研。

美韵从来松竹慕,佳联当会桂兰瞻。

扬帆自有才情溢,挚意长存堪冒尖。

【注释】

[1] 杨帆:文友,擅长写对联,上海某大学的教师。

元旦致友

2011年1月1日

新年伊始,天宇晴明,晨起对屏,咏诗一首,赠予挚友,愿在新的一年里,畅游诗海,放歌共进。

夙愿方酬频唱和,欣临诗海荡扁舟。

竹松梅雪真情寄,鹰鸟荷茶雅韵俦。

神往佳园春里醉,心怡艺苑梦中游。

去年芳草萋萋地,新岁耕耘岂可休?

归一童子雅和

　　艺海初识天意和，拾得竹叶当轻舟。

　　岱宗情韵钟神造，齐鲁清浊始祖休。

　　养性于山春色驻，怡情乐水古风游。

　　梅结君子邀白雪，冷影寒窗好剪愁。

张世才先生雅和

　　夙愿未酬人总忧，踏波迎浪荡扁舟。

　　腊梅有意添花至，冬柏无心等鸟留。

　　神往芳园寻异草，情随幽梦上仙楼。

　　寒播麦粒春才碧，夏看金黄喜赞讴。

寄语《中国诗赋网[1]》

2011年1月17日

　　花开国粹互联网，诗赋一枝花溢香。

　　设法千般开广袤，连心四海铸幽长。

　　容新苑美常流彩，志远情诚必耀光。

　　此际回眸尝载誉，长存隽永[2]自留芳。

【注释】

　　[1] 中国诗赋网：中国诗赋学会和中华国学院主办的诗赋文化网站，是以诗词曲赋联为主的网络原创文学平台。2008年12月诞生于中国东北沈阳，并

于当月进入百度等搜索引擎。目前,中国诗赋网已成为集中国诗歌和中华辞赋于一体的综合性大型门户网站。

[2] 隽(juàn)永:艺术形式所表达的思想感情深沉幽远,意味深长。

迎新春寄语

2011年1月28日

诗赋花坛长溢香,同浇共赏乐无疆。
清音环绕歌枝俏,美韵飞来赞蕾芳。
古道传承昭雅意,新风树立谱华章。
嫣红姹紫谁不慕?旷日经年誉远扬。

新正致意文友

2011年2月7日

吉祥玉兔报春来,大地风和丽景开。
不见芳园常切切,既得暖意竟呆呆。
情凝雅韵诗花放,志拓鹏程苑树栽。
往日时光虽逝去,如磐厚谊永盈怀。

悼念王燕生[1]先生

2011 年 4 月 12 日

情钟笔墨慕诗坛，雅韵长留天地间。
贵体虽乘仙鹤[2]去，精魂仍伴犊牛攀。
警言醒世犹春雨，美德泽材胜宝山。
景仰良师存远志，飞身振羽[3]越雄关。

【注释】

[1] 王燕生：山东临沂人，1938 年生。1950 年参军，历任军大学员、文工队员、宣传干事、《诗刊》新作品组副长、刊授学院《未名诗人》执行主编、《中华锦绣》画报副总编。著有诗集《亲山爱水》《岁月之树》《走向地平线》等多部。2010 年夏，在诗人李犁、商泽军先生的引荐下，中国诗赋网网站长及相关人员在京城与王老共进晚餐，认真商讨诗赋网、诗赋学会发展事宜。王老在共餐时曾激情澎湃地朗诵了他的精彩诗篇，他的音容笑貌令人终生难忘。对中国诗赋"一会一网一刊"的建设，王老提出了许多高瞻远瞩的意见，并欣然接受了担当网站顾问的邀请，非常关心诗赋学会、期刊及网站的建设发展情况。

[2] 仙鹤：中国古代常把鹤作为长寿的象征，把离尘世比作"驾鹤西归"。

[3] 振羽：展翅。

痛悼亲家潘志忠[1]

2011年4月28日

惊闻驾鹤去匆匆，嗟问何为[2]不告行！
六秩持勤得硕果，一朝求逸仿残英[3]。
灵前妻子哀呼恸，院内亲朋嘘叹惊。
德重心慈魂永在，胸怀坦荡感神明。

【注释】

[1]2011年4月14日下午，亲家潘志忠因患心血管病在内蒙古医院做扩张血管手术，放了三个支架，手术做得很好。谁料晚上12点钟，突然感到头闷，开始抢救，结果因小脑血管破裂，抢救无效而结束了生命。退休还不到一年的时间，就走了，走得太突然了，不仅至亲难以接受，就是远亲和好友也难以接受。亲家为人热情，乐于助人，是出名的热心人、勤快人，他的离去令人悲伤难禁，感慨良多。

[2]何为：为什么，何故。

[3]仿残英：效仿落花。残英，残存未落的花，亦指落花。此句借以表达痛惜之情。

痛悼"蒲河之子"[1]

2011年6月23日

蒲河骄子忽潜踪，闻说凭虚[2]对鹤忠。
非是无情亲友弃，只缘有疾道仙从。
勤劬身影昭星月，朴厚言行慕岭峰。
诗韵流香魂不散，长将美德寄苍松。

【注释】

[1] 蒲河之子：真名贾连凯，曾是沈阳市于洪区文联委员、作协理事，沈阳市诗词学会会员，辽宁省诗词学会会员，香港诗词学会会员，中国韵律诗歌学会会员，中国诗韵学会会员。2011年6月13日凌晨4时于沈阳因心脏病突发而驾鹤西去。"蒲河之子"是网名。

[2] 凭虚：有多种意思，这里犹言凌空。此句意为听说驾鹤归西。

编辑《春天诗会》[1]感言

2011年7月11日

春将生气润心田，四季轮回首绽颜。
缘有琴心[2]歌不止，若无剑胆韵[3]何鲜？
知音既缔三生谊，饮誉还须一路牵。
喜看诗园浓雅趣，葳蕤松柏秀梅兰。

【注释】

[1]《春天诗会》：由中国文联出版社于 2011 年 8 月出版，被列为"作家视线丛书"。笔者应主编邓澍邀请，担任旧体诗词执行主编。

[2] 琴心：指内心丰富，善良，敏感。

[3] 剑胆：指态度凌厉，果决。通常用来形容一个人的修养已经到了一个相当高的程度。

赏邓澍[1]国画《梅》与六行诗《画梅》

2011 年 7 月 20 日

梅魂不畏寒风凛，白雪潜身寂作邻。
骨本坚柔高品位，笑盈春韵溢清新。

【注释】

[1] 邓澍：中国书协、美协、作协会员，散文诗学会会员，曾用笔名阿峰、小雨、不老草、闻一冰、及时雨等，出版诗歌、小说、报告文学、纪实文学、文学评论、书画专辑等专著 22 部，主编各类文学专辑 800 余万字。

"细雨梦回"芳辰[1]致贺

2011 年 10 月 2 日

雪韵清灵如细雨，总持净洁梦回飞。

春风方至开幽境,诞日已临生丽辉。

妙手欢裁诗赋锦,丹心永爱德仁旗。

既将祝福凝成律,再望星空赏紫微[2]。

【注释】

[1] 细雨梦回:诗友昵称。芳辰:美好的时光,多指春季,这里借指生日。

[2] 紫微:紫微星,就是北极星,即小熊座的主星,代表仁慈、吉祥、福禄。

祝福诗友邓澍母亲诞辰[1]

2011年10月5日

九九重阳诞日逢,吉祥笼罩宇星崇。

天光映耀慈容绽,月色澄明美愿融。

寿比苍山身久健,心如澈水德长隆。

诗携福运翩然至,永佑家园岁岁红。

【注释】

[1]2011年10月5日,农历九月九日,是传统的重阳节。这天恰巧又是诗友邓澍老母亲的生日。

致主编邓澍贺《春天诗会》出版

2011年10月25日

翰墨生辉贵本真,襟怀阔朗纳和仁。

网间会友操琴意,韵里交心议阙门。

一诺勤编章卷就,百思巧划古风存。

今朝喜有春花放,来日得无秋月临?

【注释】

[1] 阙门:城阙大门,引申为"在野"意,即不在朝做官或不当政。这里指与仕途无关的事情。

悼二舅父 [1]

2011年11月13日

圆满一生乘鹤去,永留勤影在庄田。

光宗耀祖开仁路,育女生儿引福泉。

高寿只缘怡淡静,邃思自赖慕良贤。

三冬私塾品三国,九陌长铭义奥玄。

【注释】

[1] 二舅父于2011年10月28日(农历十月初二)去世,于2011年11月

11 日安葬，享年 86 岁。二舅父仅读过三个冬天的私塾，即能读懂《三国演义》并加品评。一辈子从事耕作，心境恬然。四子一女，尽皆精明强干。

贺侄儿马三毛新婚庆典

2011 年 11 月 23 日

母亲见背[1]汝今成，庆典欢腾灯火明。
甚喜出言赢赞誉，尤欣致意吐真诚。
笙箫吹奏新婚喜，歌舞盘旋瑞气盈。
一路情深多雅趣，百年好合永争荣。

【注释】

[1] 见背：指长辈去世。这里指其母亲去世。

遗 憾

2011 年 11 月 28 日

此际诚觉愧友情[1]，只缘家事罔[2]成行。
侄儿婚礼难辞去[3]，沈市庆仪早盼迎。
无奈权衡身取近，有期聚会虑趋轻。
因吾心内存遗憾，倾吐衷肠冀抚平。

【注释】

[1] 中国诗赋网邀我去沈阳聚会,正值侄儿马三毛新婚庆典,故未能成行。

[2] 罔(wǎng):没有。

[3] 去:离开。

致慈母

2011年11月28日

岁月留痕鬓覆霜,仍将关爱化天光。

叮咛驻耳心常暖,慈善萦怀志愈强。

孝道长行堪洒脱,珍情永炽不彷徨。

恩如磐石千钧重,报得春晖令纳祥。

致女儿

2011年12月5日

炮马[1]抛玩速记详,暇时尚忆小铃铛[2]。

聪灵造就贤淑品,雅秀迎来焕赫光。

育子忙如织锦绣,教书贵在敬职岗。

喜臻完美毋急躁,重誉崇仁景自芳。

【注释】

[1] 炮马，借代象棋。

[2] 女儿三四岁时邻居小姑娘昵称她为小铃铛。

迎春节

2012 年 1 月 20 日

春盈瑞气龙翩至，奋力扬波尽兴游。

忙里偷闲歌不断，曲中取直意无休。

文心总把佳诗酿，意趣常将雅韵酬。

岁首目标高悬起，纵驰骏马福音求。

望星空

2012 年 6 月 17 日

今天是父亲节，儿子晚上打电话问候，其后到院里散步，仰望天空，浮想联翩。

神奇浩渺本无疆，总冀飞身向远方。

万日萦怀思渐进，一朝跃宇喜高翔。

鹏程不是逍遥待，美愿还须拼搏偿。

星耀从来多借力，好风吹拂剑眉扬。

感怀母恩

——读徐国华诗歌《母亲的刺绣》

2012 年 7 月 3 日

白发添思盼,灯烛昭苦勤。

刺成千里绣,存就一颗心。

乡树隔云远,关河阻雪深。

行时多捧看,总是泪沾襟!

鹤鸣仙苑

——致诗友梁鹤

2012 年 8 月 3 日

花开烂漫报春时,雨润风摇茂叶枝。

碧宇澄明颜自艳,浓云滚涌意尤痴。

奇葩岂惧迷离雾,仙苑长呈曼妙姿。

鹏鸟飞来恭送信,吾心甚喜鹤鸣诗。

潘劲辰

2012 年 7 月 8 日

为小外甥作藏头诗

潘安美貌金猴艺,劲健身躯子建才。
辰佳时顺争向上,好迎丽景笑颜开。

马如君

2012 年 7 月 18 日

为小孙女作藏头诗。

马家逢虎占吉祥,如愿出生喜气扬。
君自来临与时进,乐学歌舞幸福长。

读云珍《飞行的麦穗》[1]

2013 年 7 月 5 日

麦穗飞行眼界宽,迎空而上向云端。
欢欣振羽风雷际,静默观途雨雾间。

铸就瑰珍惊日月,凝成骀荡润山川。

诚嗟饱满融灵妙,化作浓情恋土田。

【注释】

[1] 云珍:中国作家协会内蒙古分会会员,中外散文诗学会副主席,以散文诗创作为主,《飞行的麦穗》为其散文诗集之一。

情钟文苑

2013年11月10日

素日钟情乐睹闻,神驰雅韵慕芳春。

迎花勤洒浇花水,对月甘为赏月人。

炽意萦怀妆美苑,诚情交友做佳邻。

时光岂可随流去?奋力耕耘远滓尘。

甲午清明悼母亲

2014年4月5日

离亲远去百多天,心泪潸然梦景员[1]。

尚俭持家仁誉[2]满,含辛度日信心坚。

生时严谨融慈爱,逝际从容[3]展静颜。

驾鹤仙游莫劳顿[4],寻常更勿吝花钱。

【注释】

[1] 景员：高大貌。

[2] 仁誉：仁爱的声誉。

[3] 从容：悠闲舒缓。

[4] 劳顿：劳累疲倦。

读《丰泉秋月集》忆张宝荣老师

2014 年 8 月 16 日

撷来再品[1]逢秋月，恍若飞回语二班。

目注老师平易貌，耳听才女婉约篇[2]。

吟诗倍感真情贵，拓路方明捷径难。

思有闲暇当拜访，欣聆并告惠丰泉。

【注释】

[1] 再品：《丰泉秋月集》是张宝荣老师的诗集，已读过好几遍。

[2] 时常忆起张宝荣老师在一节讲宋词的课上说的那句风趣的开讲语：今儿个咱们学上两首女人词哇。

致学弟张宝肖

2014 年 11 月 5 日

为人率爽热忱俦,看似随心虑事周。
非是真才不屑赞,若无实力讵言优!
曾痴吟咏激情溢,何乐编辑雅意投?
复叹躬行伯乐事,勋劳贵在助登楼。

读武耀[1]《涛声集》

2014 年 11 月 5 日

岱海涛声催奋勉,诗词吟咏润怀襟。
如闻倾诉朝朝乐,似见直行日日勤。
陶醉何忧时序短,斟酌但愿阅章新。
今生莫悔风骚趣,一路传扬美善真。

【注释】

[1] 武耀:内蒙古诗词学会会员,乌兰察布诗词学会副会长,《涛声集》为其第一部诗集。

致王培义[1] 老师

2014 年 11 月 23 日

性本执着嗜读书，专心从教仕途无。

搜集古物察遗址，探索人文阅史牍[2]。

万日留心积累后，数年编卷溯回[3]初。

勤勉换取丰收果，分享焉得不敬服。

【注释】

[1] 王培义：托克托县五申镇人，中学高级教师。多年来利用业余时间搜集古物，研读历史，坚持不懈，不断积累，写出了《托克托史话》《托克托县古代村落遗址》《托克托史事丛谈》三本书，2014 年由远方出版社出版。

[2] 史牍：史书。

[3] 溯回：追念思慕。

致同学张秉谦与刘济文[1]

2014 年 12 月 8 日

谈吐悠然意蕴深，浓情忆旧且言新。

同窗共采诗文果，异地欢培桃李林。

怀志长思循正道，改行未梦步青云。

流金岁月增才智，铸就真纯俱赏心。

【注释】

[1] 张秉谦、刘济文与我，上乌盟师范大专班时一直住在同一个宿舍。2014年12月8日与张秉谦、刘济文相聚，叙旧话今，时间过得飞快，四五个小时倏忽而过，晚上草成此律。

悼念母亲

2014年12月9日

今天是母亲去世一周年，容犹在目，声犹在耳。

远去慈容脑际浮，精魂不朽勉声呼。
长将嘱语铭心壁，总以笔锋描骏图。
含笑九泉常遂愿，出游四海乐观书。
人间留下勤兼善，世代相传不纳污。

诗意盎然

2014年12月20日

一似盘瓠[1]神话传，图腾令笔舞翩跹。
昔年咏唱思迟滞，近岁歌吟韵畅欢。
夹缝松生嗟挺屹，平湖波漾颂漪澜。
日光河水流心上，自是融怡[2]胜凯旋。

【注释】

[1] 盘瓠：在畲族中广泛流传含有与苗、瑶相类的"盘瓠"传说：新石器时代的高辛氏（即帝喾）时期，刘氏皇后夜梦天降娄金狗下界托生，醒来耳内疼痛，召名医取出一条稀奇美秀的三寸长金虫，以玉盘贮养，以瓠叶为盖。一日长一寸，身长一丈二，形似凤凰，取名麟狗，号称盘瓠，身纹锦绣，头有二十四斑黄点。其时犬戎兴兵来犯，帝下诏求贤，提出能斩番王头者以三公主嫁他为妻。龙犬揭榜后即往敌国，乘番王酒醉，咬断其头，回国献给高辛帝。高辛帝因他是犬而想悔婚。盘瓠作人语说："将我放在金钟内，七昼夜可变成人。"盘瓠入钟六天，公主怕他饿死，打开金钟，见他身已成人形，但头未变。于是盘瓠与公主结婚。婚后，公主随盘瓠入居深山，以狩猎和山耕为生。生三子一女：长子姓盘，名能；次子姓蓝，名光辉；三子姓雷，名巨佑；女儿嫁给钟智深。畲族人民世代相传和歌颂始祖盘瓠的功绩。盘瓠是畲族图腾崇拜的物件。畲族先民以拟人化的手法，把盘瓠描塑成神奇、机智、勇敢的民族英雄，尊崇为畲族的始祖。

[2] 融怡：融洽，和乐。

致孙继善老师[1] 二首

2015 年 1 月 5 日

一

风度翩翩昂首姿，泊然[2]魅力一如磁。
精研汉语剖奇妙，巧启文心令醉痴。

功底明昭传授际，意中倍重累积时。

自从毕业寥寥见，常念德高谨奉职。

二

至今难忘教姿亲，讲课从容内蕴深。

可叹无暇聆教诲，尤觉有愧对殷勤。

且将进取融真意，复以执着报智心。

诗语几行难尽述，结章望远仰师魂。

【注释】

[1] 孙继善老师：笔者上乌盟师范大专班时的班主任，任现代汉语课。

[2] 泊（bó）然：恬淡无欲的样子。

赏赵福油画

2015年2月26日

农家院落村边景，荟萃流光画卷中。

小道林荫幽对望，雪山窑洞悄连通。

调颜架构驰思远，着色描摹寄意浓。

乡里风情凝雅致，拓开视野见真功。

/ 真情贵

母爱囊天地

2010年10月12日

生命之花凭培育,始自花蕾初孕期。
十月艰辛谁堪代?一朝痛楚倍凄凄。
父爱如山当可赞,哺乳嗷嗷自远离。
伟大慈怀囊天地,犹如日月耀光辉。
有谁忘恩应遭谴,拳拳报答岂可悖。
朝朝暮暮怀中抱,牙牙学语勤应对。
憨态逗客膝前绕,冷暖饥饱察面眉。
求学之际愈关注,问长问短静夜陪。
唯恐偷懒近墨黑,唇天口地细雨飞。
滋润树苗高品质,谆谆告诫德行倚。
面对激流爱做盾,把握命运迎涛起。
临行戴月制新衣,冀期顺畅走千里。
做儿永记母叨叨,为母儿安即心怡。
凝成美愿存真意,走遍天下路不迷。

秋 颂

2011年9月29日

秋雨潇潇美,秋云淡淡长。

秋天高远意，秋地娇柔肠。

秋月倍皎洁，秋阳伴谷香。

秋山无稚嫩，秋水有泽光。

秋草思春旺，秋林换新装。

秋风吹飒飒，秋景喜洋洋。

秋雾萦红叶，秋霜兆吉祥。

秋来菊俏丽，秋去松柏芳。

十六字令·过小年三首

2009 年 1 月 18 日

一

欢，几净窗明炮啸喧。年关迫，慈母乐开颜。

二

欢，灯彩春联待挂悬。思归切，车票手中拈。

三

欢，年货精挑怕不全。频相问，屈指盼团圆。

点绛唇·告慰

2010年9月

节至思亲,心香一瓣衷情动。恍如新梦,梦觉何堪静!

一世艰辛,念泪怀间涌。星光映,自当欣幸,告慰思方定。

行香子·贺"七巧"芳辰

2010年

秋获冬藏,气韵流芳。绽花蕾、无愧春光。桃颜梅骨,溢彩盈香。媲莲之洁,桂之雅,菊之良。

挥刀舞剑,敢露锋芒。巧思驰、妙句连章。七呼八应,诗意飞翔。贵出言直,吐言实,献言良。

莺啼序·祭祖父祖母

2011年4月5日

坟头草围肃穆,念慈容笑貌。纸钱奠、心泪潜流,谨以诚语相告:孙儿辈、长思训示,乾乾进取无矜傲。廿四年[1]、世变时迁,持仁遵道。

旷野当知,辞际犹记,历云遮雾绕[2]。迎凄雨、一似松竹,毅然坚立不倒。既蒙冤、无端受整,数年间、身乏神耗。饮艰辛、抚我成人,悉心关照[3]。

少时贫困,奋力图强,俾家业臻茂[4]。不幸事、一夜突降,遭匪抢劫,父弟双亡[5],鬼神难料!寡孤老幼,难承重担,独肩此任为梁栋,拓新途,酿酒作坊造。尤怜祖母,相陪忧乐交织,时遇冰雪风暴[6]。

花明柳暗,方享荣安,再度添焦躁!悯祖父、东逃西躲,藏匿三秋[7],尝尽辛酸,始见晴昊。谁知运蹇,倏而失子,霹雷轰响难禁痛,苦生涯、再度沉悲淖。吞泪[8]踏露披霜,铸就德泽,与阳共耀[9]。

【注释】

[1] 写这首词时,我爷爷和奶奶辞世(同年故去)已24年。

[2] 我爷爷辞世之际仍为自己这一辈子的经历感到迷茫。

[3] 上小学那段时间内我是爷爷和奶奶抚养的。

[4] 我爷爷年轻时家境贫困,从他开始创业才渐渐地富起来。

[5] 解放前,一伙土匪半夜带枪勒索钱财,其一进屋,我爷爷的二弟奋起反抗,一土匪把枪从"猫道(窗户上为猫进出留下的通道)"伸入屋里,打死了我爷爷的父亲和二弟。

[6] 我老奶、我二奶奶成了寡妇。我二奶奶身边三个孩子年纪尚小,我爷爷三个孩子,他三弟比我父亲还小。全家生活重担落在了我爷爷一人身上。

[7] 刚解放,因我爷爷在国民党时期当过保长,有人劝他到外面躲避,我爷爷最初犹豫,但为了保险,最后还是离家出外躲了三年。

[8] 爷爷躲了三年回来的第二年,他唯一的儿子,我的父亲就因脑溢血突然亡故,爷爷把眼泪吞在肚里,坚强地生活。

[9] 爷爷谆谆告诫我为人不要自私,不要嗜钱,做事要做到问心无愧。

长相思·和雨晴

2011 年 5 月

诗韵幽,友情幽,心语翩翩喜自收。抛诚向绿洲。
惠风柔,俏枝柔,景致妖娆明眼眸。长观焉有愁?

雨晴原词:

长相思

风景留,爱心留。深谊相牵不觉愁。诗情似海流。
曲难休,梦难休,唱和佳朋登锦楼。墨香飘九州。

行香子·花影生日致贺

2011 年

花乃芙蕖,抑或红梅?适时开、其影依稀。通幽曲径,蝶舞萤飞。喜饰园容,增园彩,溢园菲。

迎来秋月,生辉吉日,诞辰佳、嗟赞歔欷。名芳四海,大敞心扉。赏雨中颜,风中韵,雪中姿。

渔家傲·中秋望月

2011年9月

尘世谁将真情系？家园自有真情寄。不惮山川相阻意。团圆慰，可怜月里嫦娥醉。

遥望幽思词韵媲，从容美态兼颜丽。长冀乡间腾紫气。多碧翠，入怀章句雷云替。

潇湘神·明月圆

2012年9月

明月圆，明月圆，喜看玉面绽娇颜。岂是兴来随意奉，诚为牵挂乐年年。

虞美人·题小外孙
大连海边照同韵二首

2014年8月

一

童心望海如娇鸟，又似新春草。遥观浩渺接长空，玉立亭亭喜沐艳阳中。

波涛荡漾风光在，壮阔谁能改？巨船将至乐无休，直盼驾游览胜任飘流。

二

涛翻浪涌惊飞鸟,丽日俦柔草。笑眸凝注对穹空,自有盛情佳意绕怀中。眉舒又皱欢欣在,云把晴天改！细风吹面不停休,碎雨落身心里若饴流。

后　记

《放歌云中》即将出版付印，首先感谢中共托克托县委员会和托克托县人民政府的热情关注和大力支持。

中国人才研究会艺术家学部委员会一级篆刻艺术委员、功勋篆刻艺术家翁浩先生，特为本书篆刻书名。这是翁浩先生对本书的认可和对我的鼓励，我由衷感谢，深表敬意！

托克托县第一中学和托克托县文化馆的领导、同事以及《云中文苑》的文友，中国诗赋网的领导、同事以及文友，托克托县文体局、中共托克托县委宣传部的领导，对我的诗歌创作予以热情鼓励，这里我一并向他们表示衷心感谢！

乌盟师范大专班的学弟张宝肖，对我整理出版诗集起了极其重要的作用。原打算过几年再整理出版，可他看过我的诗作之后，当即鼓励我应尽快整理出来，结集出版，让更多的人看到，以发挥正能量。他强调，把作品整理出来公开出版，不仅对自己有益，更对社会有益。学弟张宝肖所编书籍甚多,眼界开阔,经验丰富,可谓居高临下。他的鼓励打动了我,于是我开始着手搜集整理。在整理、编排、校对,包括诗集命名等各个环节,学弟为我做了热情指导和周密安排。作为责任编辑,他每次精心审读后都会写出审读意见,付出甚多,对我启发甚大。这本书的问世,学弟张宝肖功莫大焉!

最后,借此机会感谢我的爱人和儿女,他们是我创作的坚强后盾和一贯的支持者与鼓励者。

作　者

2015 年 8 月 1 日